Todo
BDSM

Entrada Traseira

Erika Sanders

Todo BDSM
Entrada Traseira
Erika Sanders
Serie
Todo BDSM

Sinopse

É composto pelos seguintes romances:
    Entrada Traseira
    Buraco Traseiro Apertado
    Descobrindo a Entrada Traseira
    Aposta Arriscada Atrás

Todo BDSM é um romance com forte conteúdo erótico BDSM e, por sua vez, um novo romance pertencente à coleção **Dominação e Submissão Erótica**, uma série de romances com alto conteúdo romântico e erótico BDSM.

(Todos os personagens têm 18 anos ou mais)

Nota sobre a autora

Erika Sanders é uma escritora conhecida internacionalmente, traduzida em mais de vinte idiomas, que assina seus escritos mais eróticos, longe de sua prosa habitual, com seu nome de solteira.

Índice

TODO BDSM
ENTRADA TRASEIRA
ERIKA SANDERS

ENTRADA TRASEIRA

11

PRIMEIRA PARTE
SURPRESA DE ANIVERSÁRIO

CAPÍTULO I

Eles eram melhores amigos no ensino médio. E eles continuaram melhores amigos desde então.

Mesmo sendo adultos vivendo na cidade grande, com suas próprias carreiras e suas próprias vidas ocupadas, eles ainda arranjavam tempo para se encontrar pelo menos uma vez por semana em um café no centro da cidade, onde compartilhavam atualizações sobre suas vidas.

Eles ainda estavam vestidos com suas roupas de escritório enquanto conversavam durante o café.

"Então, meu aniversário de 5 anos está chegando", disse Lesley, referindo-se ao seu casamento com Rob.

Marlene aguçou o olhar. "Você sabe, 5 anos é um grande negócio, especialmente hoje em dia. Você sabe o que isso significa, não é?"

"O que?"

"Isso significa que você terá que dar a ele algo extra especial desta vez, e vice-versa também."

Claro, Marlene era a autoridade sobre isso. Ela trabalhava para um site de namoro e era uma casamenteira profissional. Ela também era terapeuta de relacionamentos e conselheira matrimonial.

Por mais duvidosa que a carreira de Marlene parecesse a Lesley, não havia dúvida de que era eficaz. Marlene tinha uma grande reputação por unir as pessoas e fazer relacionamentos difíceis funcionarem. Na cidade grande onde moravam, as pessoas estavam mais do que dispostas a pagar muito dinheiro a Marlene por sua orientação.

"Neste ponto, é difícil conseguir algo bom para Rob", reclamou Lesley. "Ele é uma pessoa discreta e já tem tudo o que quer."

"Então faça algo especial. Cozinhe uma ótima refeição para ele. Faça uma festa surpresa. Qualquer coisa."

"Infelizmente, Rob é um cozinheiro muito melhor do que eu. E ele odeia festas surpresa. Ele acha que são infantis."

"Bom sexo sempre funciona", disse Marlene em tom de brincadeira, tomando um gole de café. "Os homens sempre apreciam um bom boquete sempre que possível."

Lesley corou, "Meu Deus, mantenha isso baixo, sim?"

"Olha, tudo o que estou dizendo é que 5 anos é um grande negócio. Especialmente nos dias de hoje. Você pode querer pensar em algo especial."

"Você tem razão."

"Eu estou sempre certa," Marlene piscou.

CAPÍTULO II

O conselho em si não era ruim. Lesley pensou nisso a caminho de casa. Enquanto se despia em seu quarto, ela percebeu que mulher de sorte ela era.

Ela era casada com um cara legal, tinha um ótimo emprego e um grupo maravilhoso de amigos em quem confiar. Aos 33 anos, ela estava indo bem.

Mas o que ela ia dar a Rob para seu 5º aniversário? Ele já tinha tudo o que queria. Ele não era um cara exigente. Ele era simples em seu gosto. Ele trabalhava como vendedor de seguros e, em seu tempo livre, gostava de esportes e sair com seus amigos. Era isso.

Normalmente, Lesley adorava o fato de ele ter pouca manutenção, porque isso lhe dava mais tempo para se concentrar nas necessidades dela.

Agora, mais do que nunca, ela queria fazer coisas sobre ele. Ela queria agradá-lo. E ela estava determinada a fazer o casamento deles durar.

Ela olhou no espelho do quarto. Ela ainda se mantinha em boa forma. Ela era uma atleta no ensino médio e na faculdade, mas desde que se tornou uma office girl, ficou mais difícil manter a mesma forma. Ela ganhou alguns quilos em torno de seus quadris e coxas. A maioria das pessoas não teria notado, mas ela sempre se preocupava com sua aparência e acompanhava cada mudança que seu corpo fazia.

Hora de cortar alguns carboidratos, ela pensou.

Caso contrário, ela parecia ótima.

Ela vestiu suas roupas confortáveis e casuais – calça de moletom e uma camiseta grande . Com o grande aniversário chegando, era hora de ser uma boa dona de casa e preparar o jantar.

CAPÍTULO III

O trabalho foi interessante no dia seguinte. Lesley trabalhou para uma agência de publicidade de médio porte, onde conseguiu fazer um trabalho que amava. Ela adorava colaborar com seus colegas e ser criativa.

Mas no fundo de sua mente, tudo o que ela conseguia pensar era em seu próximo aniversário, e na conversa que ela teve com Marlene.

Com tudo adiantado no escritório, Lesley usou seu intervalo para ir ao banheiro privativo ligar para sua melhor amiga. Os conselhos gratuitos de relacionamento eram sempre bem-vindos.

Afinal, se Lesley estivesse certa, ela sabia que Rob devia estar planejando algo especial por conta própria. Foi fácil fazer algo especial para Lesley. Ela tinha muitas coisas de que gostava, incluindo festas surpresa, jantares chiques e, claro, joias caras.

Presentes de aniversário eram algo que Rob nunca esqueceu. Todos os anos, ele fazia questão de lhe dar algo muito bom. A cada ano, ele sempre conseguia superar o presente do ano anterior, e era por isso que Lesley tinha que inventar algo extra especial.

Ela entrou no banheiro e fez a ligação usando sua discagem rápida. Felizmente, Marlene também teve tempo livre, e elas conversaram brevemente antes de ir direto ao ponto.

"Eu acho que você está certo", disse Lesley, sentado na cabine do banheiro com o telefone na mão. "Algo romântico é provavelmente a melhor ideia."

"Agora você está entendendo. Bom para você."

"O problema é que eu não tenho nenhuma idéia."

"Que tal roupas sensuais? Você sabe, lingerie, sutiã e calcinha transparentes, esse tipo de coisa."

"Rob não gostaria disso", respondeu Lesley. " Toda vez que compro algo sexy, ele quer que eu retire o mais rápido possível. Ele só gosta da nudez."

"Que tal dramatização? Há muitos cenários quentes por aí."

"Muito brega."

"Sexo oral?" perguntou Marlene. "Onde você está com isso?"

"Não há problemas lá."

"Você engole?"

"É praticamente um hábito", respondeu Lesley com uma pitada de constrangimento. "Aí está o problema, parece que cobrimos todas as bases."

"E o sexo anal?"

A pergunta parou Lesley friamente. Ela ficou estupefata por um momento e em um estado de leve descrença. Sexo anal? Essa era realmente a resposta? Marlene era a especialista e ela mencionou isso por um motivo.

"Nós nunca fizemos isso", respondeu Lesley.

Deve ter havido algo na resposta de Lesley, porque o tom de sua voz chamou a atenção de Marlene.

Afinal, Marlene era uma mulher especializada em namoro, relacionamentos e sexo. Ela fez uma carreira de sucesso com isso, o que muitas pessoas não podem.

"Você já experimentou anal antes?" Marlene perguntou em tom sugestivo. "Quero dizer, sem Rob. Você já fez isso com parceiros anteriores antes?"

Como melhores amigas, Lesley e Marlene discutiram suas vidas sexuais antes, é claro, mas nunca com tantos detalhes. O nível de detalhes estava começando a deixar Lesley desconfortável, mas ela não podia reclamar. Afinal, foi ela quem pediu o conselho gratuito.

"Eu nunca fiz sexo anal antes."

"Nem mesmo um dedo?"

"Eu tive um dedo", admitiu Lesley. "Nada mais."

"Sério? Quando?"

"Algum cara que eu namorei brevemente na faculdade?"

Marlene ficou intrigada. "Sério, faculdade? Quem era? Mark? Dave?"

"Isso não é importante agora", respondeu Lesley, balançando a cabeça. "O importante é eu e Rob."

"Acho que encontramos sua resposta."

"Sexo anal?"

"Sim."

"Sexo na minha bunda?" Lesley pediu novamente para confirmação.

"É praticamente a mesma coisa."

"E como isso deveria funcionar para o nosso aniversário? Eu deveria apenas abrir minha bunda e dizer a ele que é hora de foder?"

"Isso é um bom começo."

"Eu estava sendo sarcástico," Lesley suspirou.

" Bem , foi uma boa ideia mesmo assim."

"Estou falando sério, Marlene."

"Eu também. Isso não tem que ser ciência do foguete. Os homens adoram sexo. Às vezes, é tão simples. Use uma lingerie sexy, dê a ele um boquete quente e ofereça sua virgindade anal. Eu garanto que Rob vai se apaixonar por ele." você de novo. Caramba, ele pode até se casar com você de novo."

Lesley ficou em silêncio por um momento. Sua melhor amiga tinha razão, não importa o quão lascivo parecesse ser.

"Vou pensar sobre isso", disse Lesley.

"Há algo que você ainda não me disse."

"O que é isso?"

"Rob já pediu sexo anal?"

"Nunca", respondeu Lesley.

"Você acha que ele quer isso? Quero dizer, ele já massageou sua bunda? Ele elogia seu traseiro? Ele olha para sua bunda?"

"Sim, para todas as opções acima. Você acha que isso é um sinal de que ele secretamente quer fazer sexo anal comigo?"

"Pode ser", disse Marlene. "Talvez ele queira, mas ele é muito tímido para pedir."

"Eu não sei. Se Rob quisesse anal, ele teria pedido."

"Talvez ele não queira te assustar. Ou ele tem medo que você pense que ele é algum tipo de pervertido."

Lesley assentiu. "Pode ser."

"Agora para a pergunta final, que você também não mencionou."

"O que é isso?"

"Você já fantasiou sobre sexo anal antes?"

Deus, era uma boa pergunta. Uma que Lesley soube instantaneamente a resposta, embora estivesse um pouco envergonhada de discutir isso, mesmo com sua melhor amiga de todas as pessoas.

" Claro que tenho", admitiu Lesley. "Não recentemente. Mas passou pela minha cabeça. Acho que passou pela cabeça de todas as garotas em algum momento."

"Então o que tem impedido você todos esses anos?"

"O que você acha?"

"Diga-me."

"Não é complicado", respondeu Lesley. "Para ser franco, paus são grandes, cuzinhos são pequenos. No meu caso, minúsculos. É tão simples assim. É por isso que eu sempre me arrisquei. Eu não sou feito de borracha. Eu sou um ser humano."

"Querida, muitas mulheres hoje em dia fazem sexo anal. E muitas mulheres gostam disso, muito."

"Incluindo você?"

"Definitivamente eu."

Lesley sorriu, "Figuras."

"Por que?"

"Você parece o tipo de sexo anal. Sem ofensa."

"Nenhuma", respondeu Marlene. "A dor vale o orgasmo."

"É realmente tão bom?"

"Eu poderia te dizer. Ou você pode experimentar você mesmo, em seu aniversário com Rob."

Lesley parou por um momento. "Como vou saber se isso é certo para mim?"

"Só há uma maneira de descobrir - pergunte a ele."

CAPÍTULO IV

Aquela noite. Faltando apenas alguns dias para o aniversário deles, Lesley tentou ao máximo ser a esposa perfeita.

Ela usava um vestido bonito e preparou o jantar com uma receita que aprendeu online. Naturalmente, a comida não deu muito certo, mas pelo menos ela tentou.

Depois de relaxar no sofá em frente à tv, finalmente chegou a hora de dormir.

Eles se beijaram apaixonadamente e Lesley abriu o zíper de seu vestido. Enquanto se preparavam para fazer amor, o tema do sexo anal estava continuamente em sua mente. Era tudo que ela conseguia pensar enquanto eles se beijavam.

Ela não queria estragar a surpresa, mas também não podia evitar. Ela só precisava saber se Rob acharia uma boa ideia ou não. O pior cenário seria oferecer sexo anal na noite de aniversário deles, apenas para ele ficar enojado. Então seria tarde demais. A noite estaria arruinada.

Então ela tinha que perguntar agora. Ela terminou o beijo e olhou o marido diretamente nos olhos.

"Eu estive pensando", disse ela. "Nosso 5º aniversário está chegando, como você provavelmente já sabia."

"Como eu poderia esquecer?"

"Então por que não fazer algo especial?"

Rob sorriu, "Alguma coisa em mente?"

Era a hora da verdade, e ela tentou parecer o mais confiante possível quando fez a proposta.

"Você quer tentar sexo anal na nossa noite de aniversário?"

Seus olhos estavam fixos no rosto do marido, esperando qualquer sinal de reação para que pudesse analisá-lo. Ela queria conhecer todos os seus pensamentos e sua abertura para uma nova aventura sexual.

Com certeza, através das mudanças sutis no rosto de Rob, parecia que ele estava interessado na ideia, e Lesley sentiu uma estranha sensação de alívio, como se ela tivesse encontrado o presente perfeito para o aniversário deles.

"Anal hein? Isso parece interessante. Você já fez isso antes?"

Ela balançou a cabeça. "Não, nunca."

"Isso era algo que você queria há um tempo?"

"Longa história", ela respondeu. "Mas mais ou menos."

Ele continuou sorrindo, "Por que esperar? Você está linda nesse vestido vermelho e nós dois estamos de bom humor. Por que não fazemos isso agora?"

"Agora?"

Merda, ela pensou.

Ela não estava mentalmente ou fisicamente preparada. Mas qual é o problema? Se Marlene conseguia fazer isso com tanta facilidade, Lesley também conseguia. Como Marlene havia mencionado, muitas mulheres fazem isso hoje em dia.

Era hora de deixar de ser uma covarde e, finalmente, perder sua virgindade anal.

"Vou pegar a vaselina ", disse ela com uma sensação de autodesafio.

"Você tem certeza que quer fazer isso? Você parece tão... inquieto."

"Estou bem. Acredite em mim, estou bem."

Ele esfregou os ombros dela. "Eu estou bem com, você sabe, sexo normal. Nós não temos que fazer isso se você não estiver confortável."

Lesley deu um passo para trás e largou o vestido vermelho no chão. "Estou falando sério. Estou bem."

Ela estava quase em um modo robótico quando pegou um pequeno recipiente de vaselina próximo e entregou ao marido. Então ela puxou a calcinha para baixo e se inclinou sobre a cama.

O clima de repente parecia frio e nada romântico, como se ela estivesse no consultório de um médico se preparando para um exame de próstata. Enquanto esperava na posição curvada, ela percebeu que seu marido deve ter ficado estupefato com o constrangimento, e que ela havia esquecido de ser sedutora sobre sua primeira aventura anal.

Mas não importava mais. Rob tinha o lubrificante. E sua bunda nua estava apontada para fora, pronta para ir.

O som da tampa de vaselina se abrindo a deixou mais nervosa do que esperava. No fundo, ela sentiu os mesmos nervos que sentiu quando perdeu a virgindade. E de muitas maneiras, era a mesma coisa. Ela estava perdendo a virgindade novamente, exceto que desta vez, era a virgindade em sua bunda.

Um choque subiu por sua espinha quando ela sentiu o dedo indicador coberto de vaselina de Rob empurrar dentro de sua bunda.

"Caramba!" ela ofegou.

O dedo de Rob imediatamente se afastou de sua bunda.

"Você está bem?"

"Estou bem."

"Você quer continuar?" ele perguntou.

" Claro que sim."

Rob tentou novamente, desta vez um pouco mais gentilmente. Ele empurrou o dedo indicador de volta em sua bunda, e foi a sensação sexual mais desconfortável que Lesley já sentiu.

Era tão antinatural e estranho ter um dedo lubrificado em sua bunda. Pior, parecia pouco sexy.

Quando Rob empurrou o dedo todo para dentro, os dedos dos pés de Lesley se curvaram no chão do carpete e seu corpo ficou tenso.

"Tire isso", ela ordenou.

Rob puxou o dedo e deu a sua esposa um olhar preocupado, enquanto ela se levantava.

"Esta foi provavelmente uma má ideia", disse ele.

"Não, é uma ideia decente. É só que eu não estou preparado para isso agora. Isso é tudo. Podemos tentar novamente mais tarde, na nossa noite de aniversário."

Rob parecia confuso. "Você quer tentar isso de novo?"

"Por quê? Você não gosta?"

"Eu não sei. Nós nem fizemos isso. Mas você parece tão desconfortável quando meu dedo estava em sua bunda."

Por alguma razão, isso só fez Lesley se sentir mais determinada a fazer sexo anal com o marido. Talvez fosse porque seria a primeira vez para ambos . Seria como perder a virgindade juntos. Seu pênis em sua bunda. Que pensamento romântico, de uma forma muito estranha.

"Então está resolvido", ela sorriu. "Sexo anal na nossa noite de aniversário."

"Estou falando sério, Lesly, não temos que fazer isso."

"E eu estou falando sério também. Estamos fazendo isso. Eu só preciso de um pouco mais de tempo. Enquanto isso, vamos fazer amor do jeito certo."

Eles se abraçaram e se beijaram.

Lesley ficou desapontada consigo mesma por não conseguir seguir em frente. Ela se considerava uma mulher forte de mente profissional que poderia superar qualquer obstáculo, mas anal? Isso era algo fora de seu reino.

Ela definitivamente não queria confiar em Rob também, porque isso poderia ser perigoso. Não havia como ela confiar seu delicado ânus a um homem inexperiente com um pênis semi-grande. Isso estava fora de questão.

Não. O que ela precisava era de um especialista. Alguém que saberia o que fazer em uma situação crítica como esta.

Felizmente, ela sabia exatamente para quem ligar.

SEGUNDA PARTE
SUA MELHOR AMIGA
ESPECIALISTA SEXY

CAPÍTULO V

No dia seguinte, no escritório, a mente de Lesley estava ocupada com sua vida sexual. Ela só conseguia pensar em sexo. E se ela poderia realmente continuar com isso.

Enquanto ela estava em sua mesa, ela mandou uma mensagem para sua melhor amiga sexualmente especialista. Quando Marlene estava livre para conversar ao telefone, Lesley foi ao banheiro para um rápido momento de privacidade.

Depois de fazer a ligação e sentar na tampa do vaso sanitário, Lesley contou todos os detalhes. Ela contou a Marlene sobre a breve conversa com Rob, sua disposição e o dedo que entrou em sua bunda. Ela contou a Marlene sobre todos os seus sentimentos em relação ao assunto pessoal.

"Eu não vejo como uma mulher normal poderia lidar com isso?" Lesley se perguntou.

"É 2022, querida, muitas mulheres gostam disso."

"Tenho certeza que é só para agradar o cara."

"Espere", disse Marlene. "Deixe-me enviar-lhe um link. Assista e depois me ligue de volta."

"É pornô?" Lesley perguntou, conhecendo sua melhor amiga.

"Na verdade, é."

"Vai colocar um vírus no meu telefone ou algo assim?"

"Duvidoso. Eu olho para aquele site pornô o tempo todo no meu telefone, enquanto eu deveria estar trabalhando, e meu telefone está bem."

Lesley suspirou, "Envie."

"Me ligue de volta quando terminar de assistir."

Lesley esperou pelo link. Era chato e solitário ficar sentado no banheiro esperando por um link pornô. Foi uma triste reflexão sobre o estado de sua vida pessoal.

Finalmente, três links chegaram.

Lesley abriu o primeiro, que era um link para um site pornô. O vídeo era um breve clipe feito profissionalmente que mostrava uma mulher sendo fodida em seu ânus por um pau enorme. Ela avançou rapidamente, observando apenas as partes principais.

O segundo vídeo teve o mesmo conteúdo.

O terceiro vídeo foi muito parecido.

Ela sentiu um leve constrangimento sentada na cabine do banheiro, em seu traje de escritório, assistindo pornografia em seu telefone, quando deveria estar trabalhando. Ela costumava reclamar quando os homens faziam isso, agora ela estava fazendo a mesma coisa. Pelo menos ela tinha uma razão legítima para isso, ela pensou.

Depois de folhear aqueles clipes pornográficos, ela ligou de volta para Marlene.

"O que você acha?" Marlene perguntou ao atender a ligação.

"Eu quis dizer mulheres normais. Essas são estrelas pornô."

"Qual é a diferença?"

"As estrelas pornô são artistas", explicou Lesley. "Eles são feitos para o sexo. É tudo o que eles fazem. E eles podem passar o dia todo entrando em forma e se preparando para o sexo. Eu sou uma funcionária de escritório. É diferente."

"Tudo bem. Espere. Me ligue de volta em alguns minutos. Deixe-me mostrar-lhe outra coisa primeiro."

"Espere... espere..."

A ligação terminou e Lesley suspirou. Ela esperou pacientemente, finalmente chegaram dois links de Marlene.

Lesley clicou no primeiro. Era do mesmo site pornô, só que desta vez, apresentava um casal normal em vez de estrelas pornôs. Lesley observou como uma dona de casa de aparência simples estava fazendo sexo anal em seu quarto, por um homem presumivelmente seu marido.

O próximo vídeo foi semelhante. Apresentava um estudante universitário de aparência simples (um pouco nerd) tendo um orgasmo anal, cortesia de um cara do time de futebol da faculdade.

Lesley não era estranha ao pornô. Ela assistiu a coisas softcore na TV a cabo com o marido. Ocasionalmente, eles assistiam a pornografia hardcore, encomendando sob demanda para apimentar sua vida sexual.

Mas ela nunca tinha assistido pornô amador antes. Era estranho ver pessoas "normais" foderem. Era como ser um voyeur em suas vidas sexuais. Foi ainda mais surreal assistir aos vídeos daquelas mulheres "normais" fazendo sexo anal, e absolutamente adorando.

Lesley entendeu o objetivo dos vídeos e ligou de volta para a amiga.

"Ok, entendi", disse Lesley. "Mulheres normais também podem fazer isso."

"E você é uma mulher normal, certo?"

"A última vez que verifiquei."

"Então por que você não pode fazer isso?"

Lesley suspirou, "Eu não tenho a menor idéia."

"Desculpe por soar como uma cadela condescendente. Honestamente, neste momento, Rob provavelmente está certo. Talvez tente outra coisa? Pergunte a ele se ele tem outros fetiches. Tem que haver alguma coisa."

"Eu prefiro ficar com a coisa toda anal."

O senso de relacionamento de Marlene entrou em ação. "Sério. Por que isso? Agora estou começando a pensar que uma parte de você está realmente ansiosa por isso, não importa o quanto você tente lutar contra isso."

"Eu acho que é quente. Meu palpite é, Rob acha que é quente também. E francamente, eu sou um pouco curioso. Eu sempre fui meio curioso. É a única parte do meu corpo que eu não explorei sexualmente. Então seria bom ver do que se trata o alarido."

"Parece que temos uma missão importante pela frente."

" Então você está disposto a ajudar?"

" Claro que estou," Marlene respondeu. "Não há nenhuma maneira que eu vou perder isso."

"Alguma idéia do que fazer?"

"Na verdade, eu tenho muitas ideias. Eu nunca te disse isso, mas também sou terapeuta sexual, além dos conselhos de relacionamento que dou."

"Agora não é hora para piadas."

"Estou falando muito sério", disse Marlene com uma firmeza inegável.

Foi o suficiente para convencer Lesley. "Ok, então, como vamos começar, supondo que eu possa usar seus conselhos sexuais de graça."

"Meu pagamento é ver você ter um orgasmo anal poderoso. Em outras palavras, eu tenho que estar lá e participar, ok?"

"Você quer brincar com o meu idiota?" Lesley perguntou incrédula.

"Uhum."

"Isso é algum tipo de coisa lésbica? Ou isso é puramente baseado em nossos anos de amizade?"

"Ambos."

As sobrancelhas de Lesley se ergueram. "Ok, isso não é nada estranho."

"Isso é sobre você, ok? Você quer minha ajuda ou não?"

Lesley respirou fundo. "Eu faço."

"Então vamos direto ao ponto, certo?"

"Tudo bem. Como você normalmente procederia com isso? Quero dizer, se eu fosse um cliente, um completo estranho, o que você faria comigo?"

"Depende do que você permitiria," Marlene respondeu. "Talvez eu me encontrasse com você pessoalmente para um curso intensivo de anal. Ou talvez eu fizesse uma sessão de casais, onde eu ajudaria seu marido a reivindicar seu traseiro."

"Você, eu e Rob, ao mesmo tempo? Um trio?"

"É uma opção viável."

"Normalmente funciona?" perguntou Lesley.

" Todas as vezes . Mas eu faço a triagem com cuidado. Tem que ser o casal certo. Apenas pessoas que são sexualmente seguras consigo mesmas e com seu relacionamento. Afinal, como terapeuta sexual e conselheira, a última coisa que quero fazer é criar uma barreira entre o casal. Ciúme é uma coisa muito perigosa."

"Interessante."

"Alguma idéia até agora?"

"Rob sempre brincou sobre ter um trio. Além disso, eu sei que ele acha você muito bonita."

"Inclinando-me para o trio que vejo," Marlene disse brincando.

"Tipo de."

"Se isso faz você se sentir melhor, tecnicamente não é um trio. Lembre-se, eu estaria em um papel de assistente. Isso significa que eu prepararia seu ânus para penetração, e Rob faria o resto."

"Isso realmente soa muito quente."

"Ah, é", respondeu Marlene.

"Mas você realmente estaria fazendo alguma coisa com Rob?"

"Eu não vou transar com ele, se é disso que você tem medo."

"Então o que?" perguntou Lesley.

"Como eu disse, vou preparar seu ânus. Vou lubrificá-lo e começar com um leve alongamento. Então, para ser franco, Rob vai te foder logo depois."

"Parece... bem... aventureiro."

"É", reconheceu Marlene. "Mas eu posso ter que tocar Rob um pouco, se necessário. Vou guiar o pênis dele para dentro do seu ânus para garantir que não seja muito doloroso. A penetração anal requer um pênis totalmente ereto, então se ele não estiver ereto o suficiente, eu posso tenho que estimulá-lo de alguma forma. Provavelmente com a minha boca."

" Então você vai fazer um boquete no meu marido?"

"Só se for necessário."

"Isso é reconfortante."

"Ei, você me ligou. Não se esqueça. Estou ajudando você da única maneira que sei. Pelo meu histórico, faço um bom trabalho nisso."

Lesley suspirou, "Obrigada, sério. Estou falando sério, você é o melhor."

"Não me agradeça ainda. Você pode me agradecer depois do seu primeiro orgasmo anal."

"Tudo isso soa como a experiência sexual perfeita para um aniversário. Mas admito, é muito assustador."

"Sempre é. E não é para todos."

"Eu gostaria de tentar", disse Lesley. "Estou interessado. Estou mesmo."

"Você tem que ser absolutamente positivo, ou então não podemos continuar com isso. Nossa amizade é muito importante. Eu nunca iria querer arruinar seu casamento."

"Então eu vou ter que perguntar a Rob e ver como ele vai se sentir sobre isso."

Marlene riu, "O que Rob vai dizer? Não? Claro que ele vai ficar bem com isso. Ele não vai me foder. Ele vai foder você."

"É verdade, mas ainda assim, é melhor eu ligar para ele e ver o que ele pensa."

"Tenho uma ideia melhor."

"Qual é?"

"Vou ligar para Rob", disse Marlene. "Eu vou resolver as coisas com ele, então vai ser uma espécie de surpresa para você. Eu não quero que você continue se estressando com isso. A primeira regra do sexo anal é relaxar. E isso inclui relaxamento mental. ."

"Isso faz sentido. Então você vai ligar para ele agora?"

"Sim, e eu vou precisar de mais uma coisa de você."

"O que é isso?"

"Vou precisar de uma foto do que estou trabalhando", disse Marlene. "Envie-me uma foto da sua bunda nua e uma foto clara do seu ânus. Agora mesmo."

"Você quer que eu comece a fazer sexo no trabalho?"

"Não é sexting", Marlene insistiu. "É uma preparação antecipada para um procedimento médico importante e delicado envolvendo sua saúde conjugal e bem-estar sexual."

"Marlene, é sexting."

"Chame como quiser. Preciso dessas fotos para determinar como proceder com o processo anal."

"Em outras palavras, você quer saber o quão pequeno é meu ânus," Lesley esclareceu brincando.

"Exatamente."

"Tudo bem," Lesley suspirou. "Vou enviá-lo em um momento."

"Perfeito. Enquanto isso, vou ligar para Rob para acertar os detalhes. Tenho um ótimo pressentimento sobre isso."

" Eu também . Esta é de longe a coisa mais bizarra e louca que já fiz, mas por alguma razão, acho que vai funcionar."

"Isso é porque eu sou uma especialista nisso," Marlene assegurou.

Os dois amigos disseram suas palavras de despedida, e a ligação terminou.

Lesley saiu do assento da privada e deu uma longa olhada para si mesma no espelho. Ela nunca havia tirado fotos nuas de si mesma antes, mas se havia uma boa razão para fazer isso, era essa.

Ela tirou a saia e a calcinha do escritório, colocando-as em uma bancada. Ela estava apenas em seu top abotoado e sapatos. Ela estava nua da cintura para baixo. Falando na moda, era uma combinação muito estranha se ver assim, especialmente no banheiro do escritório de todos os lugares.

Depois de se virar, sua bunda ficou de frente para o espelho, e ela apontou a câmera do celular para o espelho também. Ela tirou uma foto de seu reflexo de bunda, e foi oficialmente a primeira foto nua que ela já havia tirado.

Em seguida veio a imagem mais estranha. Ela pensou em como iria tirar uma foto de seu ânus, então veio com a solução. Ela se agachou e colocou o telefone entre as pernas, embaixo do corpo. Uma vez que ela estava na posição certa, ela tirou a foto.

Ela se levantou e olhou para a foto de seu ânus. Era a primeira vez que o via tão claramente. Ela notou a cor marrom-clara, a forma e as linhas de seu ânus. Definitivamente parecia minúsculo, e levar o pau de Rob lá dentro seria um desafio. Felizmente Marlene sabia o que fazer.

Lesley enviou as fotos explícitas para Marlene e, de repente, a situação foi levada a um nível totalmente novo.

CAPÍTULO VI

Naquela noite, enquanto Lesley e seu marido se aconchegavam na frente da TV, tudo o que ela conseguia pensar era na foda anal que ela logo receberia, e como Rob se sentia sobre isso.

Mesmo com toda a ação em Game of Thrones , que é o programa de TV favorito de Rob, Lesley continuou se perguntando as mesmas coisas. Especialmente porque nem Rob nem Marlene haviam mencionado nada. Lesley se perguntou se Marlene tinha ligado para Rob ou não. Só havia uma maneira de descobrir.

"Marlene te ligou mais cedo hoje?"

"Sim," Rob disse com um tom incomumente tímido.

"E?"

"E eu acho que você está em um tratamento especial", disse ele com um sorriso fraco, que ele estava claramente tentando segurar.

Lesley ficou meio irritada por estar sendo deixada no escuro em relação ao resultado de seu próprio traseiro. Ela precisava de respostas, e estava claro que nem Rob nem Marlene dariam nenhuma.

"Você pode pelo menos me dar uma prévia? O que devo esperar?"

"Eu prometi que não diria."

"Você tem certeza absoluta sobre isso?" Lesley disse com uma voz sedutora exagerada, como se fosse funcionar.

"Estou absolutamente positivo."

Lesley fez uma voz sexy novamente. "Por favor, querida? Eu vou fazer isso com a minha língua. Tudo que você tem que fazer é me dar uma dica."

"Eu posso esperar", ele sorriu. "Apenas confie em mim. Marlene tem algo especial reservado para nós."

"Você acha?" Lesley respondeu em sua voz normal.

"Estou. Ela me deu várias dicas por telefone. E ela me disse o que planeja fazer com você. Sinceramente, acho que isso vai acrescentar algo especial à nossa vida sexual. Algo que nunca fizemos antes."

Foi intrigante para dizer o mínimo. No fundo, um pouco de ciúmes começou.

"Você vai fodê-la também?" Lesley perguntou em um tom suave e feminino.

Ele deu um tapinha na coxa dela. "Claro que não. Não seja bobo."

"Então qual é o grande segredo?"

"Você vai descobrir em breve," ele respondeu, então apontando para a TV. "Você está perdendo as melhores partes."

Com isso, Rob voltou sua atenção para a TV. Enquanto isso, Lesley manteve seu foco mental em seu traseiro dolorido.

TERCEIRA PARTE
PRIMEIRAS VEZES

41

CAPÍTULO VII

Era uma manhã de sábado, o que significava que nenhum deles precisava ir trabalhar.

Lesley seguiu as instruções que Marlene lhe enviara por e-mail na noite anterior. As instruções eram principalmente sobre limpeza e beleza.

Ela tomou um bom banho longo e ensaboado. Houve ênfase especial na limpeza de seu ânus e reto. Lesley seguiu as instruções especiais no chuveiro. Na verdade, ela fez isso duas vezes para ter certeza.

Após o banho, Lesley sentou-se em frente ao espelho da cômoda com uma variedade de produtos de beleza. Ela levou seu tempo fazendo-se parecer mais desejável do que já era. Havia igual ênfase em seu cabelo.

No momento em que ela terminou, a garota de escritório profissional havia desaparecido há muito tempo. Era a nova Lesley anal-friendly. E ela estava tão linda como sempre.

Ela completou sua aparência com sutiã e calcinha brancos combinando, seguido por um roupão branco.

Tudo o que ela fez foi de acordo com o conselho de Marlene no e-mail.

Falando nisso, a campainha tocou. 10 horas da manhã. Bem na hora.

Lesley e Rob foram abrir a porta da frente juntos. Lá estava Marlene, a terapeuta de relacionamento sexualmente esclarecida, com um penteado atrevido e duas sacolas de compras.

Marlene ergueu as sacolas e sorriu. "Estamos prontos para começar?"

De repente, o que parecia ser uma manhã comum de sábado se transformou no começo de algo especial.

CAPÍTULO VIII

O casal esperou ansiosamente no quarto enquanto Marlene se preparava no banheiro. Uma das sacolas que Marlene trouxe era para sua roupa especial. Afinal, ela não podia sair em público vestida como se estivesse pronta para um encontro anal.

Mas isso levantou a questão, o que havia na outra bolsa? Eles descobririam em breve.

Quando a porta do banheiro se abriu, Lesley e Rob ficaram chocados ao ver a transformação de Marlene.

As roupas casuais de Marlene tinham desaparecido. Em vez disso, ela estava descalça em um roupão vermelho, semelhante ao que Lesley estava vestindo. Marlene também fez sua maquiagem com glamour e seu cabelo também foi penteado.

"Nós estamos preparados?" Marlene perguntou, fazendo uma pose divertidamente sexy.

Lesley tinha um pouco de ciúmes dos segredos de beleza e da rotina de exercícios de sua melhor amiga. Ela fez uma nota mental para pedir dicas mais tarde.

"Pronto como pode ser", disse Lesley.

Rob concordou.

"O primeiro passo é olhar para o papel", disse Marlene. "Nós já fizemos isso, obviamente, junto com a limpeza necessária. Agora o próximo passo é você ficar confortável, e eu te soltar."

Lesley sentiu sua buceta se contorcer.

"Estou pronto."

Marlene olhou ao redor do quarto. Então ela colocou uma toalha na cama conjugal do casal, espalhando-a cuidadosamente.

"Antes de deitar na cama", disse Marlene. "Você provavelmente está se perguntando o que há na outra bolsa."

Lesley assentiu. "Eu tenho uma boa ideia."

"É o kit anal que vamos usar."

"Parece intimidador."

Marlene enfiou a mão na bolsa e estendeu um pequeno vibrador rosa. "Na verdade não. É principalmente algumas coisas pequenas e muito lubrificante. O suficiente para te preparar para a penetração de Rob depois."

"Estou começando a sentir borboletas no estômago."

"Então é melhor começarmos."

Lesley e Rob se deram um grande e longo abraço, seguido por uma série de beijos nos lábios. Era quase como dizer 'adeus'. Mas, na verdade, foi o acolhimento de algo novo no relacionamento deles.

"Tire a calcinha", disse Marlene.

Lesley se abaixou e tirou a calcinha, jogando-a fora. Ela estava nua da cintura para baixo, com o roupão fino cobrindo seu traseiro e buceta, mas isso não duraria muito.

Ela deitou na cama exatamente como Marlene havia instruído. Com os joelhos na toalha e o rosto colado na cama. Sua bunda estava no ar, e ela estava ciente de que seu cu e buceta estavam totalmente expostos a seu melhor amigo e marido.

Foi um momento constrangedor. De muitas maneiras, parecia uma visita ao médico para Lesley. Exceto em vez de um exame ginecológico típico, uma surra completa em breve estaria em seu futuro. Mas primeiro, haveria as preliminares. Oh Deus, que tipo de preliminares? pensou Lesley.

Um par de mãos esfregou o traseiro de Lesley. Não apenas qualquer mão. Mãos femininas macias. O tipo que só Marlene possuía.

Oh Deus, está começando.

"Aí vem sua surpresa", disse Marlene. "Eu sei que você está incomodando Rob sobre meus planos. Bem, aqui está. Acho que um bom aro feminino é a melhor maneira de estimular virgens anais. Agora relaxe."

Oh Deus, um rimjob . De Marlene?

Antes que Lesley pudesse dizer uma palavra, ela sentiu suas nádegas sendo espalhadas ainda mais pelas mãos macias. Ela sabia que seu cu estava aberto para seu marido e Marlene verem.

Depois veio a língua. Oh Deus, a língua. Seu pequeno ânus marrom estava sendo lambido por sua melhor amiga. Lambeu para cima e para baixo. Lambeu de um lado para o outro. Lambeu em todas as direções. Depois vieram os beijos. Em seguida, a lambida novamente. Em seguida, mais alguns beijos em seu ânus.

Conseguir um rimjob nunca esteve na lista de desejos sexuais de Lesley, mas ela estava tão feliz que sentiu isso. Se ela soubesse que era tão bom, ela teria pedido a Rob para fazer isso anos atrás na noite de núpcias.

Agora, aqui estava ela, de joelhos, de bruços, tendo seu rabo lambido por sua melhor amiga. Ela sempre soube que Marlene era uma pessoa muito sexual e uma especialista em assuntos sexuais, mas isso? Ela não poderia saber que Marlene era especialista em fazer sexo oral no ânus de uma mulher. A técnica que Marlene estava fazendo era simplesmente boa demais para ser verdade.

Então veio a peça final do rimjob . A língua de Marlene entrou. Oh Deus, ele entrou. Lesley sentiu seu ânus sendo babado, saliva escorrendo por sua bunda, e dentro da entrada de seu reto.

Fez cócegas um pouco, mas principalmente foi sensacional, estimulando terminações nervosas que ela não sabia que existiam.

"Meu Deus," Lesley gemeu, de bruços na cama. "Essa sua língua... meu deus."

Marlene parou brevemente. "É por isso que recebo muito dinheiro."

E com isso, Marlene continuou com sua lambida anal. Sua língua lambendo o anel do ânus, seguiu a entrada do reto, então ela parou.

"Você está pronto para a próxima fase de sua lambida?" Marlene perguntou, ainda segurando a bunda.

"Tem mais?" Lesley perguntou, ainda de bruços.

"Sim. Aqui vem. Agora relaxe, querida."

Marlene disse algo para Rob, que foi tão breve e curto que Lesley não conseguiu ouvir. Tudo o que ela ouviu foi o som de arrastar os pés. Ela não podia ver, já que seu rosto estava na cama. Claro, ela poderia simplesmente ter se virado para ver o que eles estavam fazendo, mas por que se incomodar? Ela adorava surpresas e estava preparada para uma surpresa oral especial.

A próxima coisa que Lesley soube, Rob estava comendo sua boceta por baixo. Enquanto isso, Marlene voltou às suas funções de borda.

Lesley experimentou um ataque oral completo em sua boceta e ânus, ao mesmo tempo, das pessoas que ela mais amava.

Seus olhos se arregalaram e seus lábios se curvaram enquanto ela soltava um gemido curto. Era o dobro do prazer oral. Rob chupou sua boceta como nunca antes. Marlene pegou seu ritmo de lamber anal.

No fundo, Lesley se amaldiçoou por nunca ter feito isso antes. Ah bem. Ela era uma jovem de 33 anos , haveria muito tempo em sua vida para continuar desfrutando de sexo oral duplo.

Ela sentiu um clímax se aproximando quando Rob focou sua língua em seu clitóris. Era exatamente o jeito que Lesley gostava de comer sua boceta. Comece no centro, depois orgasmo com estimulação do clitóris.

"Oh Deus," Lesley gemeu, de bruços, os olhos revirando. "Acho que estou chegando perto."

Marlene puxou brevemente a língua para longe. "Garota, vá em frente."

Com isso, Rob continuou lambendo o clitóris mais rápido, e Marlene realizou um turbilhão oral dentro do ânus virgem.

Lesley desencadeou um orgasmo para as eras.

Ela gritou alto e seu corpo apertou. Graças a Deus eles haviam comprado recentemente uma casa, onde poderiam ter alguma privacidade decente. Em seu antigo apartamento, um grito como o de Lesley certamente teria chamado a atenção dos vizinhos , e talvez a atenção da polícia.

Agora, na privacidade de sua própria casa, Lesley podia deixar tudo para fora. Sua buceta e rabo receberam estimulação oral poderosa, o que resultou em um orgasmo molhado e poderoso.

Quando terminou, Rob se afastou de debaixo da boceta, e Marlene tirou a língua.

Lesley desabou na cama, uma bagunça molhada, com um sorriso pós-orgasmo no rosto.

"Rob estava certo sobre você", disse Marlene, admirando sua melhor amiga de bunda nua. "Você é muito cummer ."

"Ho .. ly ... shiiit ..." ela gemeu.

"Garota, agora estamos apenas na metade do caminho. A chave para um bom sexo anal é a lubrificação e a excitação. Eu diria que você está mais do que excitada. E você está bem lubrificada pela minha saliva. Mas ainda temos trabalho a fazer. ."

"Ainda?" ela balbuciou.

"Sim, agora de volta à posição sua vadia preguiçosa."

Marlene deu um poderoso tapa na bunda de sua melhor amiga. Foi o suficiente para colocar Lesley de joelhos com a bunda no ar.

Enquanto sua mente ainda estava se recuperando do orgasmo intenso, seu rosto estava pressionado contra o lençol, e ela sentiu suas nádegas sendo abertas novamente. Desta vez, as mãos eram muito mais fortes, o que significava que Rob era quem segurava a bunda de Lesley bem aberta.

O que significava que Marlene tinha as duas mãos livres.

De repente, Lesley ouviu o som familiar de uma garrafa de lubrificante sendo aberta.

Então, Lesley sentiu o pequeno vibrador rosa sendo empurrado para dentro de sua bunda. Tinha apenas alguns centímetros de comprimento, mas parecia enorme dentro de seu pequeno ânus. O vibrador rosa foi empurrado para dentro e para fora.

Foi removido, deixando uma sensação aberta na bunda de Lesley.

Em seguida, algo um pouco maior foi pressionado contra seu buraco. Outro vibrador da bolsa de Marlene. Foi empurrado com mais força, entrando no buraco virgem. À medida que continuava sendo empurrado, Lesley sabia que esse brinquedo era muito mais longo (e mais grosso), o que lhe dava uma sensação muito mais esticada.

Ela sentiu o anel de seu ânus e reto sendo levado ao limite. Então, foi mantido no lugar, permitindo que seu ânus se acostumasse a ter algo do tamanho de sua bunda.

Então, o vibrador maior foi puxado, deixando uma sensação aberta em seu delicado cu.

De repente, no fundo, havia esses ruídos de sucção/chupada. Levou um segundo para Lesley perceber que Marlene provavelmente estava chupando o pau de Rob, deixando-o duro e lubrificado para a foda anal. Aquela vadia, pensou Lesley.

Os ruídos de sucção pararam.

"Feliz aniversário, garota," Marlene disse em uma voz provocante.

"Feliz aniversário, querida", disse Rob.

Desta vez, Lesley sentiu algo mais pressionado contra seu cu. Era duro, mas tinha uma sensação suave. Não havia nenhuma dúvida sobre isso. Era o pau de Rob. Seu marido estava prestes a fodê-la na bunda.

Ela apertou o lençol e se preparou para o que estava por vir.

Rob empurrou. Seu pênis entrou. A penetração foi lenta e suave. Quase parecia um especialista penetrando nela, embora ela não soubesse, já que ela nunca tinha sido fodida na bunda antes.

Ela então percebeu que isso era das gorjetas que Marlene havia dado a Rob. Foi por isso que Rob foi capaz de foder sua bunda tão facilmente. E foi também graças a toda a estimulação anal e orgasmo que Marlene tinha proporcionado.

Tudo estava funcionando com perfeição. O pau semi-grande de Rob foi capaz de penetrar em seu reto sem esforço, embora sua bunda parecesse muito cheia.

Finalmente, ele entrou e Rob descansou no pequeno reto de sua esposa.

"É isso garota", disse Marlene, que se aproximou para acariciar o cabelo de Lesley de forma amorosa. "A parte difícil acabou. É todo o caminho para dentro. Agora divirta-se e o orgasmo a seguir."

Os melhores amigos deram as mãos e se olharam nos olhos, enquanto Rob lentamente puxava seu pau para trás, então dando uma estocada.

"Ah..." Lesley ofegou. "Deus..."

"Calma, garota. Você está indo muito bem."

O pau latejante dentro de sua bunda repetiu o movimento. Rob puxou para trás, então deu outro impulso, desta vez um pouco mais forte, o que Marlene o havia instruído a fazer mais cedo.

Mais estocadas vieram. Com cada impulso, o corpo de Lesley foi empurrado mais fundo na cama. Seu rosto pressionou com mais força o lençol. A cama balançou. Seu cabelo balançava para frente e para trás. Seus seios pequenos balançaram.

Logo, Lesley se viu levando uma surra completa na bunda. A cama tremeu e Lesley começou a chorar.

"Está tudo bem querida," Marlene disse em um tom tranquilizador, enxugando as lágrimas. "Você está indo tão bem. Sua bunda foi feita para isso. Você vai ser viciada em porra de bunda quando seu marido terminar."

Lesley se perguntou como isso poderia ser verdade enquanto sua bunda continuava sendo arada. Doeu, mas também foi bom. Era como o contraste perfeito de dor e prazer. Ela estava sendo esticada além da crença. Mas também, suas terminações nervosas retais estavam sendo estimuladas de maneiras que ela não achava possível.

"Oh meu Deus" Lesley chorou. "Meu idiota!"

Lágrimas rolaram pelo rosto de Lesley enquanto as batidas continuavam. Ela poderia ter pedido para parar. Ela poderia ter implorado para que acabasse. Mas ela não o fez. Ela estava se aventurando em novos territórios de seu corpo. Ela estava experimentando coisas novas com sua sexualidade. E ela estava amando cada segundo disso.

Ainda doía como o inferno. Mas havia uma satisfação inegável nisso. Marlene sentiu o prazer que Lesley estava sentindo e deu um leve aceno para Rob, que era o sinal deles.

De repente, Rob começou a foder a toda velocidade. Lesley gritou alto, lágrimas rolaram pelo seu rosto, enquanto seu pequeno e delicado cu estava sendo arado com uma força que ela não sabia que poderia lidar.

"Oh Deus!!!!" ela chorou pela querida vida.

Então ela veio. Ela veio pela segunda vez naquela manhã. Era um orgasmo diferente de antes. Não era um fluxo livre e agradável.

Não. Era cru. Puro. Indomável. Foi um orgasmo que veio de sua luxúria primitiva. E fez uma bagunça séria em todo o lugar.

Graças a Deus Marlene colocou aquela toalha na cama.

O orgasmo foi tão intenso, que Lesley não percebeu que Rob já tinha ejaculado dentro de seu reto, inundando seu pequeno buraco.

Pela segunda vez naquela manhã, Lesley estava de bruços, caída na cama, com a bunda exposta.

Tanto Rob quanto Marlene admiravam seu trabalho: Lesley atordoada, deitada em puro êxtase orgástico, completamente molhada entre as pernas.

EPÍLOGO

Quando Lesley voltou do trabalho, uma pequena sacola de compras em uma mão, uma bolsa na outra, ela estava de ótimo humor.

Ela colocou a bolsa perto da escada e se aproximou do marido na cozinha, que ainda estava com suas roupas de trabalho.

"Desculpe, estou um pouco atrasada," ela disse, beijando Rob nos lábios enquanto ainda segurava a pequena sacola de compras.

"O que é isso?"

Ela sorriu, estendendo a bolsa, "Este... é um belo presente que Marlene me deu. Tomamos café há um tempo."

Lesley pegou uma pequena garrafa e jogou a sacola na bancada da cozinha. A garrafa era transparente e continha um fluido líquido claro. Mas o que mais se destacou na garrafa foi que indicava claramente que era apenas para fins anais.

Na verdade, a substância na garrafa foi feita especificamente para sexo anal. Era um novo produto feito para tornar o sexo anal muito mais fácil.

"Oh meu Deus," ele disse, as sobrancelhas levantadas.

"Seu pau. Minha bunda. Agora."

Lesley entregou a garrafa ao marido. Ela se virou e tirou a calcinha, jogando-a no chão. Ela abriu as pernas e se inclinou, levantando a parte de trás de sua saia de escritório. Então ela colocou as mãos no balcão da cozinha, a bunda apontada para fora.

Enquanto Rob derramou o novo frasco de lubrificante em seu cu, Lesley olhou para o jardim. O dia estava lindo e o sol estava se pondo. Ela percebeu que mulher de sorte ela era. Ela era casada com o amor de sua vida e eles encontraram uma maneira de levar sua vida sexual para o próximo nível. Ela também tinha o melhor amigo perfeito, aquele que tornou tudo isso possível.

A vida era boa.

Um simples empurrão, e o pau de Rob entrou em seu pequeno cu. Nesse ponto, Lesley se acostumou a ter sua bunda esticada por seu pênis. Desta vez, parecia mais fácil. Marlene estava certa, aquela nova garrafa de lubrificante era incrível, o que significava que haveria muito mais sexo anal no futuro de Lesley.

BURACO TRASEIRO APERTADO

55

CAPÍTULO I

O pau de Dick invadiu lentamente o ânus enrugado e lubrificado de Samantha e depois saiu na mesma velocidade. A cena sensual se repetiu várias vezes e o calor de seu estreito canal logo o fez ansiar por mais. Tentando ignorar sua falta de controle sobre a velocidade desesperadamente lenta, ele se concentrou em sua esposa enquanto ela movia sua bunda para cima e para baixo em seu comprimento. Com os pulsos e tornozelos acorrentados à cama, ela não teve escolha a não ser abraçar a novidade de ser usada como seu brinquedo sexual.

A reviravolta incomum de eventos começou no dia anterior. Quando ele estava indo para o trabalho, o celular de Dick tocou exatamente às 7h10, conforme o esperado. Mesmo sem verificar o identificador de chamadas, ele sabia que era sua esposa, que ligava todas as manhãs no mesmo horário.

Atendendo a chamada em viva-voz, Dick cumprimentou Samantha calorosamente,

"Olá bebê."

"Ei! Você já sente minha falta?" A voz de Samantha estava cheia de humor, pois haviam acabado de se separar uma hora antes.

Dick bufou,

"Claro! Você já leu alguma história boa?"

Durante sua rotina de exercícios matinais, Samantha gostava de ler histórias em seu blog de literatura erótica favorito. Ela selecionou as categorias 'Anal' e 'BDSM' e esperava encontrar novas descobertas todos os dias. Se algum o fizesse cócegas, ele disse a Dick, em detalhes, durante suas viagens separadas para o trabalho.

"Na verdade, li uma história muito quente do 'Anal'", disse ela melancolicamente. "Um marido amarrou sua esposa como punição, e então ele deu um duro golpe na bunda dela. Isso me deixou com muito tesão."

Percebendo sua dica não tão vaga, o tom de Dick foi suave,
"Oh sério".

"Sabe ... já faz um tempo que não temos tempo para jogar alguns jogos excêntricos. E ... bem ... tenho sido uma garota muito travessa ultimamente. Tenho certeza de que mereço punição," Fazendo o meu melhor para Parecer arrependida, ela conseguiu parecer triste.

Samantha adorava sexo anal, o que era uma bênção para Dick. O problema era que ela gritava como um demônio durante os orgasmos anais. Com os filhos adolescentes ainda em casa, as chances de se libertarem eram poucas e raras.

Sabendo que sua esposa estava desesperada por sexo pervertido, Dick aceitou seu convite não tão sutil. Ela estava certa; fazia muito tempo que não tinham uma noite agitada. Na verdade, ele estava surpreso por ter demorado tanto para propor um encontro sexual secreto e concordou totalmente com o rumo da conversa.

Respondendo ao desejo óbvio de Samantha, Dick fez sua parte. "Eu irei julgar se você realmente merece uma punição. Agora me diga o que você fez", disse ele em um tom autoritário.

"Bem, para começar, estou acelerando agora", Samantha sabia que era um esforço fraco, mas esse era apenas o primeiro arremesso.

Dick suspirou, desapontado, "Você está com pressa todos os dias. Isso não é realmente digno de uma punição."

"Oh", sem se importar com seu erro, ela estava pronta para o segundo arremesso. "Bem, eu peguei emprestado $ 30 da sua carteira antes de ir trabalhar."

Dick riu, "Ok ... não é uma grande surpresa. Na maioria dos dias, eu me sinto como seu caixa eletrônico pessoal. Isso é tudo?" Ele perguntou, esperando mais de sua esposa engenhosa.

Tendo deixado o melhor para o final, Samantha estava confiante de que estava à beira do sucesso,

"Acontece que os Morrisons nos convidaram para jantar na sexta à noite e eu disse que adoraríamos comparecer."

Houve um silêncio mortal por vários momentos enquanto Dick processava a notícia indesejada. Ela sabia muito bem que ele não gostava de ficar com os Morrisons. Embora a esposa fosse uma amiga querida de Samantha, o marido era socialmente desajeitado.

"Pequeno", disse Dick, depois de limpar a garganta em voz alta, "você realmente merece um pouco de punição por isso. Deixe-me ver o que posso fazer para abrir espaço na minha agenda amanhã à tarde."

Quando Dick usou seu apelido de brinquedo sexual, a boceta de Samantha apertou. Estar à mercê de seu marido, enquanto ele usava seu corpo para o prazer, era o mais excitante. Felizmente, estaria pronto ao meio-dia do dia seguinte, que era a hora perfeita.

Atordoada com o sucesso, Samantha mal conteve sua alegria,

"Oh garoto! Hum, quero dizer ... oh não! Bem, eu terei que aceitar qualquer punição que você sinta que se encaixa no crime. Mas, minha bunda tem se sentido muito mal por ter sido deixada de fora ultimamente."

Chateado com o jantar que se aproximava com os Morrisons, Dick decidiu insultar sua esposa como uma vingança parcial.

"Talvez sua punição seja desistir da relação anal", ele brincou em sua voz mais séria.

Atordoada, Samantha praticamente engasgou.

"Baby, o castigo deve sempre incluir anal!"

"Você não está em posição de fazer exigências, pequenino." Dick manteve seu tormento, um sorriso irônico no rosto. "Vou levar seu pedido em consideração, mas não conte com a possibilidade de escapar impune. Esta foi uma transgressão muito séria. Estou entrando no trabalho agora. Podemos conversar mais tarde."

Desanimada, Samantha respondeu:

"Eu amo Você".

"Eu também te amo", Dick desligou, satisfeito consigo mesmo por ter dado um para sua esposa.

Em seu carro, Samantha ficou horrorizada com o desenrolar dos acontecimentos. Seu plano inteligente para induzir uma sessão anal áspera de repente descarrilou.

Certamente, Dick deve saber o quanto ele queria uma sessão de bunda dura pervertida!

Presumindo que ela poderia convencê-lo a obedecer, Samantha rapidamente elaborou um plano para dar a ele algumas Margaritas. Não havia como ele resistir ao fascínio de sua bunda ansiosa com um forte gole de tequila no corpo e ela sabia o lugar que atenderia às suas necessidades.

CAPÍTULO II

No dia seguinte, Samantha e Dick voltaram para casa pouco antes do almoço. Quando ela sugeriu uma viagem rápida ao seu restaurante mexicano favorito, ele concordou. Não só as bebidas eram fortes, a comida era excelente e, o mais importante, o serviço era rápido.

Como de costume, eles solicitaram um estande isolado. Depois de se sentar, duas de suas Margaritas favoritas apareceram magicamente na mesa e seu pedido de comida foi atendido rapidamente. Com as preliminares fora do caminho, eles tomaram um gole e relaxaram.

Samantha, uma pessoa muito direta, não hesitou em falar francamente. Esperando que Dick tivesse esquecido sua ideia absurda de impedir o sexo anal, ele decidiu tentar a sorte.

"Ei, baby, estou com muito tesão. Vamos enlouquecer esta noite", disse ela, dando-lhe uma piscadela sugestiva.

Dick riu, adivinhando que Samantha estava preocupada com sua ameaça de evitar o jogo anal. Embora ele tivesse toda a intenção de furar sua bunda longa e forte, ele pensou que seria divertido continuar com seu ardil.

Levantando uma sobrancelha e mantendo a face impassível para cima, ele disse: "Hoje, vamos manter a calma. Afinal, pequenino, você merece punição."

"Haha, muito engraçado. Fique sério e pare de brincar", disse ela, tentando mascarar sua preocupação óbvia.

Embora normalmente fosse um ator terrível, Dick se sentia confiante em sua atuação. Samantha estava genuinamente se contorcendo diante de seus olhos e foi muito divertido.

Inclinando-se, ele falou severamente:

"Não se engane, minha decisão está tomada."

"Mas, querida, você não gosta de foder minha bunda enquanto estou amarrada à cama? Você pode me colocar de joelhos, com minha bunda levantada e fazer o que quiser comigo." Ela tentou tentá-lo pintando uma imagem erótica. "Imagine seu pau duro afundando em meu pequeno buraco ... imagine meu grito quando você me faz gozar ... pense em minha bunda apertando enquanto seu pau esvazia sua carga em mim! Vamos, preciso que você me entregue uma boa quantidade de esperma na minha porta dos fundos! Por favor ...! "

Sempre impressionado com o entusiasmo anal de Samantha, o pau de Dick imediatamente enrijeceu. Sim, planejei fazer tudo isso e muito mais. Mas, por enquanto, ele estava gostando da farsa.

"Eu tomei minha decisão. Anal, escravidão e punição estão fora de questão hoje", disse ele, conseguindo soar desinteressado.

Ver o rosto de Samantha piscar de frustração foi imensamente divertido para Dick. Ele esperava que ela mudasse de estratégia e não ficou desapontado.

Samantha se moveu rapidamente, tentando culpá-lo.

"Mas, baby, foi você quem me fisgou no anal! Se você pensar sobre isso, isso é realmente sua culpa. Você me deve uma boa porra!"

Havia alguma verdade em sua declaração. Dick levou mais de vinte anos para convencer Samantha de que valia a pena tentar o sexo anal. Depois que ela percebeu que os orgasmos anais eram reais e rivalizavam com a variedade vaginal, ninguém a impediu. Em certo sentido, ele foi o responsável por criar esse monstro anal.

Intrigado para ver onde ele poderia ir em seguida, Dick continuou a puxar sua corrente, "A posição do missionário e a penetração vaginal servirão por hoje, pequenino."

O rosto de Samantha se contorceu em descrença. Esse tipo de sexo era bom para as noites da semana, quando eles tinham que ficar quietos porque as crianças estavam em casa. Mas essa oportunidade perversa era preciosa demais para ser desperdiçada!

Determinada a tentar a bajulação, Samantha não perdeu o ritmo.

"Ok, escute. Vou ser totalmente honesto. Se você não fosse tão bom em bater na minha bunda, eu nem gostaria de fazer sexo anal. Habilidades como a sua não deveriam ser desperdiçadas."

Apertando os olhos, a resposta de Dick foi simples:

"Boa tentativa".

"Baby, por favor, me amarre e foda minha bunda! Já faz muito tempo que não tocamos e eu realmente preciso disso", reclamou ele, como último recurso.

Dick balançou a cabeça e pensou em simpatizar com ela. Se ele confessasse a ela que era uma piada às suas custas, ela se acalmaria. Prestes a falar, de repente ela sentiu seu pé descalço diretamente em sua virilha. Com os dedos dos pés, ela acariciou suavemente sua ereção dura como pedra sob a mesa enquanto sorria em vitória.

"Você fica dizendo 'não', mas seu pau diz 'inferno, sim'. Estou certo?" Samantha sussurrou, seus olhos brilhando de alegria.

De repente, não querendo desistir, Dick respirou fundo várias vezes e tentou se concentrar em pensamentos nada atraentes. Imaginar o jantar nos Morrisons o tirou do abismo.

Falando devagar e suavemente, ele respondeu:

"Minhas regras hoje são mantidas."

Samantha encolheu os ombros e suspirou,

"Ok, você ganhou, baby. Vamos aproveitar o almoço e ir para casa. Inferno, talvez devêssemos apenas relaxar. Você parece um pouco tensa."

Os pedidos chegaram e o casal rapidamente os fez comer, enquanto discutiam outros assuntos. Dick ficou surpreso por Samantha ter conseguido deixar a conversa para trás, pois ela não gostava de perder.

No fundo de sua mente, Samantha se sentia justificada pelos preparativos feitos no início do dia. Dick escolheu brincar com fogo e logo iria queimar. Ela estava totalmente preparada para agir e levar seu pênis em sua própria bunda.

CAPÍTULO III

Quando chegaram em casa, o casal foi direto para o quarto. Dick sentou-se na ponta da cama enquanto Samantha tirava lentamente a calça jeans e a camisa de botões branca. Sabendo muito bem que gostava de um bom strip-tease, fez questão de exagerar nos movimentos. Quando ela estava prestes a remover o sutiã de renda preta e a calcinha fio dental combinando, ela caminhou até seu marido e tirou a lingerie na frente dele.

De pé nua diante dele, Samantha olhou honestamente para Dick e perguntou:

"Querida, posso te dar uma massagem? Você merece por ser tão paciente com minhas travessuras."

Embora Dick estivesse pronto para bater na bunda de sua esposa até deixá-la sem sentido, a sugestão pensativa de Samantha comoveu-o. Suas massagens eram bastante decentes e demoradas.

"Isso é um bom negócio, pequenino. Vá em frente. Mas primeiro, tire minha roupa."

Corando docemente, Samantha respondeu:

"Com prazer".

Como Dick havia deixado o paletó e a gravata lá embaixo, não demorou muito. Ela subiu na cama e se agachou diretamente atrás dele, colocando os joelhos em cada lado de seu corpo. Alcançando seu peito, ela desabotoou sua camisa e a tirou. Sua simples camiseta branca o seguiu.

"Levante-se e vire-se", ela sussurrou sedutoramente.

Dick seguiu as instruções dela, que colocaram sua pélvis diretamente na frente de seu rosto. Enquanto o olhava nos olhos, Samantha desabotoou o cinto, abriu o zíper da calça e abriu o zíper.

Puxando, ela puxou para baixo suas calças e cuecas, deixando-o nu e semi-ereto.

"Agora, deite-se e deixe meus dedos fazerem o seu trabalho", disse ela enquanto batia na cama.

Feliz em obedecer, Dick se esticou no meio da cama, de bruços. Depois de montá-lo, Samantha sentou-se no centro de suas costas.

Começando pelos ombros dele, ela falou com preocupação:

"Oh baby, seus braços estão tão apertados! Coloque-os sobre sua cabeça para que eu possa trabalhar todos os seus grupos musculares."

Dick estava muito distraído com a mancha úmida se formando em suas costas sob a boceta de Samantha, mas ele conseguiu registrar seu pedido. Esticando os braços em direção aos travesseiros, ele vagamente percebeu que Samantha deslizou para frente, até que ela estava entre suas omoplatas. Depois de se inclinar na beirada da cama, ela pareceu agarrar algo. Então, rápido como um raio, ele sentiu o aço frio em seus pulsos e ouviu o clique revelador das algemas.

A cabeça de Dick estalou para trás quando ele puxou suas mãos e as encontrou restritas. A realidade bateu forte; sua esguia esposa acabara de deixá-lo cair, o que não era pouca coisa, já que ele pesava muito mais. Imediatamente depois, o ágil diabo saiu de seu corpo e sentou-se ao lado dele.

Embora relutante em olhar para a esposa, que certamente estava orgulhosa da piada, Dick virou a cabeça para o lado. O que imediatamente chamou sua atenção foi a boceta escorregadia que estava em exibição entre suas coxas amplamente abertas. Ele gemeu, sentindo-se um tolo por ter sido pego de cara para baixo.

"Ha! Eu totalmente te traí!" ela gritou.

Dick sabia que ela não ficaria contente com isso, já que Samantha tinha tendência a se gabar. Estando geralmente calmo, ele ficou tentado a se alegrar com ela, mas decidiu avaliar a situação.

"Boa jogada, pequenina", ele concedeu, sempre cortês. "Então, o que acontece a seguir?"

Samantha não tinha acabado de gritar:

"Santo guacamole! Eu realmente capturei você! Gostaria que você tivesse visto a expressão em seu rosto! Que poema!"

"Sim, você me pegou a sério. Então, qual é o fim do seu jogo?"

Rindo de seu trocadilho involuntário, ela respondeu.

"É mais como o meu jogo de 'bunda'!"

Respirando fundo várias vezes, ela se acalmou. Agradar Dick definitivamente fazia parte do plano e ela queria tranquilizá-lo.

"Ok, ok! Ugh! Estas são as suas opções. Vou prender as algemas a um pequeno pedaço de corrente que está preso à coluna da cama. Isso o deixa livre para rolar de costas. Se você escolher esse caminho, eu vou pegue seu pau para usá-lo bem. Mas você estará completamente à minha mercê, para variar. Ou ... posso ficar aqui e brincar comigo enquanto você cochila. Depende totalmente de você, amor. "

Dick se decidiu imediatamente, mas fingiu refletir sobre isso,

"Vamos ver, eu posso deixar você usar meu pau, ou ficar aqui como um pacote para roncar. Vou para a opção número um."

Batendo palmas como uma garotinha, Samantha ficou maravilhada. Enquanto ela preferia um papel submisso durante jogos pervertidos, Dick apertou um botão quente até então desconhecido, ameaçando negar seu sexo anal. Ele não podia culpar ninguém além de si mesmo por suas medidas extremas.

"Excelente!" Ela exclamou. "Agora vire-se e mantenha suas pernas separadas. Eu preciso acorrentar seus tornozelos."

Apoiando-se em um cotovelo, Dick girou o corpo conforme as instruções de Samantha. Ela pulou da cama e puxou alguns tornozelos de metal que ela deve ter escondido debaixo do colchão naquele dia.

Depois que todos os membros de Dick foram controlados, Samantha orgulhosamente estudou seu trabalho. Com o olhar fixo no rosto do marido, ela beijou sua testa com ternura.

"Não se preocupe, baby. Vou ser gentil", ela sussurrou diretamente em seu ouvido.

Dick, um cara quieto, riu do pequeno malandro:

"Bem, pequenino, parece que você me tem bem onde me queria."

"Bem, eu tenho você. Obrigado por notar", ela riu enquanto se dirigia para a porta. "Agora, fique quieto e eu já volto."

Estar restrito foi uma nova experiência para Dick. O casal esteve envolvido na escravidão desde o início do relacionamento e durante as três décadas juntos, Samantha passou inúmeras horas algemada, acorrentada e até mesmo em uma paliçada. Ela nunca havia expressado interesse em virar a mesa antes, então essa foi uma virada inesperada.

Dick ficou impressionado com o fato de Samantha aproveitar sua grande experiência para amarrá-lo na cama. Testando sua mobilidade, ele estava realmente orgulhoso por ela ter conseguido protegê-lo sem causar-lhe dor.

As algemas não estavam muito apertadas em seus pulsos / tornozelos, nem seus membros esticados a ponto de causar desconforto. Em suma, foi um empreendimento bastante bem-sucedido.

Sua atenção mudou ao perceber que Samantha havia retornado e estava parada no meio da sala.

Dizer que ela se vestira para a ocasião seria um eufemismo.

CAPÍTULO IV

"Você gosta do que vê?" Os olhos de Samantha brilharam maliciosamente enquanto ela modelava para ele em sua nova roupa.

Normalmente ela preferia lingerie feminina e macia, mas esta tarde ela havia tomado uma nova direção. Um espartilho de couro preto sem alças dava-lhe a aparência de uma mulher no controle. Já pequena, acentuava ainda mais sua cintura fina, ao mesmo tempo em que fazia com que seus seios pequenos parecessem maiores. Ela optou por ir sem calcinha, deixando seu sexo sem pelos exposto para seu prazer visual. Um pouco mais abaixo, na coxa, meias pretas transparentes abraçavam suas pernas tonificadas. Completando o conjunto erótico, ela usava salto agulha preto de aparência severa.

O queixo de Dick ficou aberto olhando de espanto com a aparência de sua esposa, vestida com uma roupa tão ousada.

"Merda! Você está TÃO gostosa, pequenininha!"

Afastando-se dele, ela inclinou os quadris para o lado e deu um tapinha em seu traseiro. Com seu pênis agora moldado em um mastro completo, ele lutou brevemente para se levantar antes de se lembrar que estava amarrado à cama.

"Pequena, deixe-me levantar e vou dar a sua bunda a carona mais difícil da sua vida", disse ele, tentando negociar.

Samantha balançou a cabeça enquanto ria,

"Oh, eu vou ter uma jornada difícil, não se preocupe. Você teve sua chance e estragou tudo. Estou planejando pegar o que eu quero sozinho."

"Vamos lá! Eu só estava brincando sobre negar o sexo anal. Vamos trocar de lugar", ele implorou.

Samantha encolheu os ombros e respondeu:

"Você apertou a tecla errada, baby. O que está feito está feito. Agora, se você insiste em falar, haverá consequências."

"Mas," ele começou.

"Exatamente! Mas ..." ela respondeu, fazendo aspas com os dedos. "Esse é o nome do jogo. Agora, eu te avisei para calar a boca e desobedecer."

Samantha tocou o canto da boca com o dedo indicador e estreitou os olhos em falsa concentração.

"Vamos ver, como devo lidar com a sua desobediência? Ei, tenho uma ideia", disse ele, acenando com as mãos seriamente. "Em vez de balbuciar, você deveria usar sua boca para me agradar!"

Sentindo que o jogo estava bem encaminhado, Dick não tinha certeza se deveria responder verbalmente. Sabiamente, ele escolheu acenar com a cabeça em concordância. A roupa ultrajante e o comportamento obsceno de Samantha o faziam desejar qualquer tipo de contato com o corpo dela.

"Ah, vejo que você aprende rápido", disse ela. "Vamos colocar sua boca para trabalhar. Eu quero que você lamba meu buraco travesso, como um bom menino."

Mais uma vez, Dick assentiu enfaticamente, feliz em concordar. Permitir a Samantha esse momento de 'inversão de papéis' parecia certo nas circunstâncias e ele estava feliz em acompanhá-la na jornada.

Com cuidado para não empurrar o marido, Samantha rastejou de volta para a cama. Ela montou em seu pescoço e se ajoelhou, colocando o traseiro diretamente sobre seu rosto. Sempre provocando, ela girou sua pélvis enquanto esfregava as mãos ao longo das curvas suaves de suas nádegas.

"Agora me dê um pouco de prazer ... na minha bunda", disse ela com autoridade.

Samantha sentiu o corpo de Dick tremer com a risada que ele lutou para reprimir. Beijar sua esposa não era realmente um castigo e vê-la ficar com tesão enquanto ele lambia sua bunda era excitante. Consequentemente, ele estava mais do que feliz em agradá-la.

Sorrindo, Samantha se abaixou e olhou entre as pernas,

"Estou dando a você acesso a um lugar muito especial, bebê."

Como se revelando um presente precioso, ela moveu as mãos para o centro de sua bunda tonificada e separou suas nádegas brancas e cremosas. Lá, para o prazer visual de Dick, estava sua estrela delicada. À luz do dia, ele poderia facilmente apreciar cada uma das dobras que compunham sua entrada sem nome. Um pouco mais escuro do que o resto de sua pele, o tom dava a ela uma aparência quase exótica. No geral, era um alvo muito atraente e ele nunca se cansava de acertá-lo.

Interpretando mal sua pausa, Samantha disse palavras de encorajamento:

"Vamos, baby. Você sabe o que fazer. Coloque sua boca na minha bunda."

Com prazer, Dick apertou os lábios e os pressionou contra o ânus de Samantha, que agora tremia de ansiedade. Afetuosamente, ele mordiscou, chupou e beijou seu caminho ao redor do pequeno círculo, arrancando gemidos suaves de sua esposa. Ele não era um amador, ele sabia exatamente como lidar com a pele enrugada em torno da porta dos fundos.

Samantha ficou eternamente maravilhada com o prazer que experimentou durante a estimulação anal. Em sua mente, isso provava que o sexo anal era um ato sexual natural, que não merecia seu status de tabu. Em pouco tempo, a sensação requintada de sua boca derretendo contra sua abertura a deixou equilibrada e ansiosa por mais.

"Baby ... por favor! Deslize sua língua na minha bunda e me faça gozar." ela gemeu.

Ela não precisava dizer isso duas vezes. Dick era um amante extremamente generoso e esperava levá-la ao limite. Esticando a língua, ele a endureceu tanto quanto pôde, antes de invadir apropriadamente o buraco descaradamente oferecido por sua esposa.

Para ajudar, Samantha baixou lentamente o corpo até que sua língua mal apareceu pela entrada tensa de seu lugar de prazer. O calor abrasador dentro de sua borda sensível a afetou tão profundamente que momentaneamente lhe roubou o fôlego. Desejando uma penetração completa, Samantha começou sua descida final em sua boca.

"Foda-se, baby. Isso é tão bom! Oooooh!" Samantha começou a mover sua bunda na língua implacável dele.

Dick percebeu suas deixas óbvias e tentou provar. Lentamente, mas com segurança, sua língua alcançou o contato íntimo máximo. Como de costume, seu esfíncter externo aceitou sua intrusão após alguma resistência inicial. Depois de passar essa barreira, ele empurrou para frente, fundo o suficiente para cruzar seu esfíncter interno mais inflexível.

"Aaahhhh! Baby! Por favor! Faça-me gozar!"

Embora significativamente menor que seu pênis, a língua de Dick compensava a discrepância de tamanho com sua destreza. Ele alternou entre rolar a língua e empurrar para dentro e para fora de seu lugar mais privado. Sem pressa, ele estava feliz em saciar sua necessidade. A julgar pela quantidade de suco de xoxota que estava acumulando em seu queixo, ele sabia que ela logo chegaria ao clímax.

Enquanto Dick trabalhava sua magia em sua bunda, Samantha estava fora de si. Ela esperou, com alguma impaciência, por este momento o dia todo. Sentir seus lábios sensuais e língua talentosa em sua área íntima enviou uma onda de alívio por seu corpo. Ao mesmo tempo, a tensão sexual que vinha crescendo estava à beira de explodir. Foi um contraste interessante de que ela gostou.

Depois de passar vários minutos atendendo aos desejos carnais de Samantha, Dick sentiu sua mudança de postura. Arqueando as costas, ela começou a se mover lentamente para cima e para baixo sobre o rosto dele, enquanto ainda mantinha as nádegas abertas para sua língua. Ela estava perto de chegar e ele se preparou para o que viria a seguir.

De repente, ela enrijeceu. Em uma tentativa desesperada de encontrar apoio, ela moveu as mãos para o peito dele, deixando seu rosto entre suas nádegas, felizmente pequenas. Quase sem conseguir respirar, ele continuou bravamente.

O tempo pareceu parar quando Samantha despencou do penhasco orgástico. O que começou como uma pequena faísca localizada no centro de seu ânus logo se espalhou como fogo selvagem por todo seu corpo. Naquela fração de segundo, todos os músculos de sua pélvis começaram a se contrair e relaxar ritmicamente enquanto a abençoada liberação a reclamava.

"Ooohhh Deus!" Ela uivou a plenos pulmões, a cabeça jogada para trás em êxtase.

Depois de vários segundos, Samantha ficou mole e caiu sobre o abdômen de Dick, puxando sua bunda para fora de seu rosto. Murmurando, ela pareceu momentaneamente incoerente, mas conseguiu se mover e ficar ao lado dele com a cabeça apoiada em seu peito. Acariciando-o, ela ronronou como uma gatinha sexual satisfeita.

Susan, já mais relaxada, finalmente murmurou:

"Baby, isso foi incrível. Você pode falar agora, se quiser.

"Não. Estou bem", foi sua resposta arrogante.

Olhando para o rosto dele, ela riu,

"Sério? Não há nada que você queira dizer?"

Sua única resposta foi balançar a cabeça com uma expressão intrigada. Às vezes, as palavras simplesmente não eram necessárias.

Aceitando o voto de silêncio de Dick, o foco de Samantha mudou abruptamente quando ela percebeu seu pênis balançando orgulhosamente entre suas coxas. Elegantemente coberto com uma gota de pré-goma, chamou-a em um nível sexual. Embora exausta com a força de seu clímax recente, ela precisava de seu pênis em sua bunda e não se contentaria com nada menos. Estimulada por seu desejo inegável, ela estendeu a mão e agarrou sua masculinidade latejante com as duas mãos.

"Hmmm, você vai falar muito em breve", ela respondeu com confiança enquanto acariciava seu pênis e o enchia de saliva.

Em geral, Samantha não gostava de estar por cima e preferia absorver a força do poder masculino de Dick durante a relação sexual. Percebendo que este era seu momento dominante para brilhar, ela decidiu sobre a posição que daria a Dick a melhor visão. Depois de tirar os sapatos, ela deslizou para frente e se agachou, olhando para os pés dele. Equilibrando-se sobre os joelhos, sua bunda pairava tentadoramente sobre sua ereção.

Samantha precisava de uma verdadeira satisfação anal, e agora havia chegado a hora.

"Prepare-se, bebê. Eu vou estuprar seu pau com minha bunda", ela sussurrou com uma voz tingida de luxúria.

Alcançando atrás dela, ela agarrou seu pênis com a mão direita e usou a outra para puxar sua nádega esquerda para o lado. Com precisão, ela alinhou sua masculinidade contra seu buraco faminto e esfregou a cabeça em sua entrada. A combinação de seu pré-gozo e sua saliva era um lubrificante eficaz e ela sabia por experiência que seria o suficiente para facilitar sua passagem.

Dick sentiu sua braçadeira quando seu pau apareceu. Com cuidado, ela começou a montá-lo até que estivesse totalmente acomodada em sua entrada traseira. Embora longe de sua primeira experiência anal, Dick ainda apreciava a visão extraordinária da bunda de Samantha, enquanto envolvia seu pau. Nunca se cansando da imagem poderosa, ele só desejou que ela pudesse alcançar seu ponto de vista.

Agarrando-se firmemente a sua carne quente, ele ansiava pela doce fricção que vinha avançando descontroladamente dentro e fora do canal estreito. Mas, por enquanto, ele estava satisfeito em deixar Samantha dirigir e esperar sua hora.

Depois de gemer durante todo o período de inserção e adaptação, Samantha finalmente falou com muito orgulho:

"Baby, olhe! Eu empurrei você no fundo da minha bunda, sozinha!"

A presença do membro grosso de Dick em sua bunda sempre colocava Samantha em órbita, já que o estiramento de seu tecido sensível era quase o suficiente para induzir um orgasmo. No entanto, estar à beira do Nirvana não era tão bom quanto chegar lá. Ainda havia trabalho a ser feito. Colocando ambas as mãos em suas coxas e arqueando as costas, ela se preparou para a rodada final.

Ela começou a subir e descer em seu comprimento duro com determinação. No início, foi intencional, enquanto tentava ajustar em um ritmo razoável. Tentando ganhar velocidade, ela descobriu que era um grande desafio sem a ajuda de Dick. Graciosamente, ela conseguiu mudar para sua sensação sem desalojar seu pênis. Mas logo ficou claro que sua pequena estatura tornava impossível atingir a taxa de punição que ela tanto desejava.

Após vários minutos de esforços de Samantha, o desespero de Dick tornou-se insuportável. Embora ele tenha gostado do aperitivo, seu pau estava faminto pelo prato principal. Ainda assim, ele se conteve e esperou que ela lhe passasse a testemunha.

"Baby, eu ... isso ... é ... difícil", ela finalmente admitiu, incapaz de continuar com sua própria bunda.

Dick estava mais do que pronto para retomar a posição de estado dominante. Durante a próxima descida de Samantha, ele inesperadamente moveu os quadris. Consequentemente, Samantha caiu para trás, ainda empalada em seu pênis. Aterrissando com as costas contra o peito dele, ela tentou e não conseguiu se endireitar. Dick esperou enquanto ela se movia por alguns segundos, certificando-se de que ela estava estável na posição.

"Agora me diga, pequenino, quem está no comando", ele sussurrou.

Aliviada com a ajuda, o pedido de Samantha foi simples:

"Pelo amor de Deus, apenas me corte, baby."

Dick finalmente largou seu traseiro necessitado quando ficou satisfeito com sua posição. Saltando como um bronco, ele a golpeou ferozmente por baixo enquanto ela segurava sua pélvis ligeiramente acima da dele. Seus gritos, gemidos e apelos por "MAIS" eram como música para seus ouvidos. A mulher dele adorava sexo anal ... disso ele tinha certeza.

Agora que Dick estava dando a ela o que ela tanto precisava, Samantha estava no paraíso. Apesar de suas posições relativas, ela alegremente permitiu que ele reivindicasse seu corpo, tornando-o seu. Grande e poderoso, seu pênis a afetou de uma forma que sua língua não podia e as profundidades em que ele afundou suas paredes internas logo a prepararam para outro clímax. Ouvi-lo rosnar enquanto encontrava prazer em sua bunda finalmente levou Samantha ao limite.

"Por favor! Não pare!" Ela implorou.

Tendo sentido sua esposa à beira do precipício, Dick logo foi recompensado por seus esforços frenéticos. Quando ele finalmente sucumbiu, sua bunda apertou seu pau com força sobre-humana. Uma vez que suas contrações rítmicas começaram, ele permitiu que um orgasmo bem merecido tomasse conta de seu corpo. Fluxo após fluxo de sua semente jorrou em sua luxúria enquanto ele gritava seu nome com prazer luxurioso.

Já no auge dos espasmos corporais, Samantha teve um clímax emocional quando ele a chamou pelo nome. Não havia recompensa maior do que induzir Dick ao orgasmo com um dos seus, e ela prosperou nessa corrida sexual. Instintivamente, ela agarrou seus quadris como uma âncora enquanto seus corpos tremiam em uníssono.

Samantha desabou em cima dele após resistir ao tsunami sexual. Ela tateou por vários segundos antes de tentar se desconectar da fonte de sua satisfação sexual. A consumada 'Dirty Girl' desfrutou de seu esperma em sua bunda e queria salvar o que pudesse. Surpreendentemente, ela conseguiu se levantar e torcer tudo em um movimento, espalhando o comprimento de seu corpo. Saciado, Dick estava satisfeito em se permitir relaxar, embora ainda estivesse contido pelas algemas.

Enquanto ouvia seu batimento cardíaco lento, Samantha percebeu que ele poderia estar dormindo e decidiu que poderia soltar seu brinquedo sexual da tarde.

Resumidamente, ela se perguntou se ele iria buscar vingança. Com todo seu coração, ela esperava por isso ...

Só o tempo diria.

DESCOBRINDO A ENTRADA TRASEIRA

79

Eu gemi e rolei na cama.

A luz fraca que atravessava as cortinas me disse que ele dormiu até um pouco mais tarde do que o habitual.

Suspirei e puxei as cobertas.

Senti minha namorada se mover um pouco ao meu lado, sua bunda nua pressionando contra o lado da minha perna.

As lembranças da noite anterior começaram a voltar à minha mente através da névoa da manhã.

Nós tínhamos saído com amigos na cidade, uma noite tranquila para o jantar e uma conversa.

Cinthya, minha namorada, ganhou o sorteio no início da noite, então desta vez eu era o motorista designado.

Quando deixamos nossos amigos e voltamos para o carro, ela tropeçou um pouco e eu a segurei para que ela não caísse.

Aproveitei a oportunidade para me esgueirar com um beijo e agarrar sua linda bunda, fazendo-a gritar e me dar um tapa de brincadeira.

"Desculpe, eu não pude resistir." Eu disse com uma piscadela quando ele voltou para meus braços.

Ela riu e deslizou a mão para minha virilha e deu um tapinha gentilmente nele.

"Eu também não", ela riu.

Eu ri também e a ajudei a porta, curvando-me dramaticamente quando ela entrou no carro.

Antes de fechar a porta, fiquei diante dela e perguntei se ela ainda não conseguia resistir.

Com uma risada, ele estendeu a mão e esfregou minha virilha novamente, mais devagar e certamente menos brincalhão do que a primeira vez.

Senti que estava ficando um pouco mais difícil, mas, sabendo que tínhamos meia hora pela frente, recuei e fechei a porta.

Quando voltamos para minha casa, conversamos sobre nossa noite e a discussão girou em torno de julho, a amiga de Cinthya, que havia terminado recentemente com o namorado por toda a vida.

July estava vestindo uma camiseta muito reveladora e Cinthya, com um sorriso, disse que havia percebido que a examinara algumas vezes.

Tentei afirmar que ele não tinha, mas não adiantou, ele era culpado das acusações.

Cinthya disse que estava bem, e que seria difícil não dar uma olhada nela, já que seus peitos estavam em exibição para todos verem.

"E por falar em durão ..." ele brincou quando sua mão mais uma vez esfregou minha virilha. "Isso é para pensar em julho?" Ele perguntou enquanto esfregava a palma da mão ao longo do meu pau duro.

"Não, eu só estava pensando em levá-lo para casa e dormir", eu disse, rapidamente alcançando seu peito para agarrá-lo com minha mão direita.

Ela gritou e apertou meu pau através do meu jeans.

"Eu sinto que você não quer esperar até eu chegar em casa", disse ele, me esfregando.

Suas mãos se moveram para o meu zíper quando ele sussurrou "Talvez devêssemos ver o que seu pau pensa ..." Cinthya abriu o zíper da minha calça e com um pouco de esforço puxou o meu pau da minha calcinha.

"Ahhh, aí está", disse ele, acariciando meu membro duro como pedra. "Acho que ele não pode esperar até chegarmos em casa", brincou, "acho que ele quer jogar agora".

Com isso, ela se inclinou e descansou a cabeça no meu colo e lentamente passou a língua sobre a cabeça do meu pau.

Eu gemi e apertei o volante quando ela me provocou.

Ela nunca teve uma cabeça de pau na boca enquanto dirigia na estrada e estava animada para marcar isso fora de sua lista de desejos.

Ela deslizou a boca pelo meu pau e virou a língua em torno dele.

Com um gemido, ela começou a mover a cabeça para cima e para baixo, sua boca quente estava me deixando louco.

Eu gemi alto e movi a mão para a parte de trás de sua cabeça, sabendo que ele adorava ter o cabelo puxado quando chupava seu pau.

O barulho sugado encheu o carro enquanto ela continuava a me chupar, mas eu tomei cada grama de energia que tinha para me concentrar em nos levar para casa em segurança.

Ele puxou a boca do meu pau e gemeu "Você tem um gosto tão bom" antes de chupá-lo novamente.

Ela sabia que eu estava chegando ao orgasmo, então eu disse a ela que era melhor diminuir a velocidade, mas isso a levou a me ignorar quando sua cabeça começou a tremer no meu pau ainda mais rápido.

Estávamos nos aproximando de uma placa de pare e não havia carros à vista, então parei, agarrei seu cabelo com força e joguei uma corrente de esperma em sua boca.

Cinthya gemeu quando sentiu o esperma espirrando em sua boca uma e outra vez.

Eu não conseguia me lembrar da última vez que vim com tanta força.

Ele sentou-se lentamente e me olhou nos olhos enquanto engolia cada gota em sua boca.

"Leve-me para casa", ela exigiu quando notei que seus dedos haviam deslizado por baixo da saia e estavam fazendo um trabalho extra sob a calcinha.

* * *

Acordei de meus pensamentos quando Cinthya se virou e percebeu que eu estava distraidamente acariciando minha ereção agora latejante depois de reviver as memórias da noite passada na minha cabeça.

Ele se espreguiçou e bocejou antes de aconchegar-se ao meu lado, sua mão se movendo para baixo para puxar minha mão para longe do meu pau.

"Isso é meu", disse ela enquanto seus dedos me tocavam levemente.

"Todo seu", eu disse e fiz uma demonstração de manter minhas mãos longe da posse dele.

Lentamente, ele começou a cair na cama, tirando os lençóis e cobertores enquanto se movia.

"Claro que sim, todo meu", ele gemeu enquanto me beijava no caminho até meu estômago antes de beijar levemente a cabeça do meu pau.

Outro beijo levou a outro pequeno beijo, e logo ela teve meu pau inteiro na boca mais uma vez.

Ela sabia o quanto gostava de me acordar com um boquete, mas depois da noite passada eu queria que ela gostasse um pouco também.

"Traga aquele gatinho quente que você tem aqui." Eu exigi enquanto pegava suas pernas.

"Você não é o único que está com fome esta manhã", brinquei.

Com uma torção dos olhos diante da minha piada de mau gosto, ela virou as pernas e logo estávamos na clássica posição 69.

Por mais que eu adorasse sentir meu pau em sua boca quente e molhada, eu gostava de brincar com sua incrível boceta ainda mais.

Deslize lentamente minha língua ao longo de seus lábios, fazendo Cinthya gemer quando sua boca se moveu lentamente para cima e para baixo no meu pau.

Seus dedos brincavam com minhas bolas muito levemente, e de vez em quando ele tirava meu pau da boca, me acariciava e me dizia para comer sua buceta.

Movi minhas mãos em torno de suas pernas para que eu pudesse deslizar meus dedos em sua boceta molhada agora e ela empurrou contra mim, tentando foder meus dedos o melhor que podia.

Depois de fodê-la com os dedos por um momento, deslizei minha língua para trás e a esfreguei sobre seu pequeno clitóris.

"Mmmmm, caramba, sim", ela sussurrou enquanto ele a tocava ainda mais.

Deslize seus dedos dentro dela novamente e com minha outra mão eu bati em sua bunda fofa.

"Merda, sim", ele gemeu quando a bateu novamente.

Enquanto eu acariciava sua boceta com movimentos longos e lentos, minha outra mão apertou sua bunda, abrindo suas nádegas e me deixando ver seu pequeno ânus.

Com um sorriso, passei o dedo pela vagina dela, cobrindo-a com seus sucos e deslizando-a até o buraco apertado.

Eu gentilmente esfreguei sua bunda, lentamente pressionando meu dedo contra ela.

Minha outra mão continuou a trabalhar dentro e fora de sua boceta quente e molhada enquanto eu brincava com seu pequeno buraco traseiro apertado.

Logo tive a coragem de pressionar um pouco mais contra o ânus e a ponta do meu dedo entrou na bunda dela pela primeira vez.

Segurando lá, deslizei minha língua até sua boceta, lambi e toquei um pouco mais com o dedo na bunda dela, empurrando e esfregando contra ela lentamente.

Deslizei meus dedos em sua boceta e comecei a brincar com seu clitóris, fazendo-a gemer e empurrar contra mim.

Como resultado, meu dedo na bunda dela deslizou além da primeira articulação, além do que eu tinha planejado ir.

Coloquei meus dedos de volta em sua vagina e continuei transando com ela, meu outro dedo ainda estava alojado em sua bunda apertada.

Foi então que percebi que ele não estava mais chupando meu pau, mas estava virando a cabeça na tentativa de olhar para mim.

Seus quadris balançaram um pouco e ela gemeu:

"O que você está fazendo?"

Eu gaguejei que ela estava gostando de sua buceta, mas ela me perguntou:

"Você está tocando minha bunda?"

Eu tive que admitir que ela estava e comecei a me desculpar, mas antes que eu pudesse continuar, ouvi-a gemer "está muito sujo" e seus quadris começaram a se mover um pouco mais alto ", sujo, tocando minha bunda".

"Devo parar?" Eu lhe perguntei

"Porra, não, torne mais difícil" ele gemeu quando sua boca caiu de volta para o meu pau.

Pressionei meu dedo com mais firmeza contra ela e fui recompensada com um gemido alto.

Eu desisti de brincar com sua buceta e me concentrei em sua bunda.

Estendendo minha mão para a mesa de cabeceira, me atrapalhei cegamente até encontrar a garrafa de lubrificante que estava procurando.

Deslizei meu dedo de sua bunda, fazendo com que ele reclamasse.

Então eu derramei um pouco de lubrificante no meu dedo e comecei a esfregar o pequeno buraco apertado com o lubrificante antes de pressionar o dedo novamente.

Ela respirou fundo e apertou sua bunda contra mim, me implorando para continuar brincando com sua bunda suja.

O lubrificante tornou mais fácil deslizar sua bunda, e logo eu tinha meu dedo profundamente em sua bunda anteriormente virgem.

Quando enfiei meu dedo dentro e fora, ela gemeu mais alto do que eu já tinha ouvido antes, e seus quadris balançaram com força contra mim, tentando penetrar cada centímetro dela.

"Eu me pergunto o quão bom seu pau seria lá", ela gemeu, olhando para mim.

Perguntei se ele estava falando sério e ele praticamente gritou comigo para foder minha bunda agora.

Ela se afastou de mim e esperou na cama de quatro.

Coloquei mais lubrificante no meu pau e acariciei, preparando-o para preencher o buraco apertado da minha namorada.

"Foda-se minha bunda, foda-se minha bunda", ele continuou sussurrando, seus quadris balançando de um lado para o outro.

Eu me movi atrás dela e segurei meu pau, pressionando minha cabeça contra seu buraco enrugado.

Pressionei devagar e logo a ponta deslizou dentro dela, seu gemido ecoando nas paredes da sala.

Eu gentilmente enfiei meu pau em sua bunda, e seus gemidos ficaram mais altos à medida que eu progredia.

Logo eu tinha todo o meu pau enterrado na bunda dela, minhas mãos segurando seus quadris enquanto eu me inclinava para frente e perguntava como ela se sentia.

"Porra, é tão bom", ela rosnou. "Agora, foda-se minha bunda, foda-se minha bunda, baby", disse ela.

Eu lentamente deslizei meu pau de volta antes de mergulhar de volta nela, fazendo-a uivar de prazer.

O calor da situação me deixou louca e, mais cedo do que eu pensava, estava pronta para explodir.

Eu disse a ela que estava quase lá e ela gemeu "esperma dentro de mim, encha minha bunda com seu esperma quente!"

Agarrei seus quadris com força e mergulhei meu pau em sua bunda, enterrando-o profundamente dentro dela quando cheguei ao clímax.

A cada explosão minha, eu podia sentir os espasmos de seu corpo espasmo até terminar de encher sua bunda com meu leite.

Ele enterrou o rosto no travesseiro e gemeu várias vezes quando meu pau escorregou de sua bunda bem fodida.

Eu rolei de costas ao lado dela, recuperando o fôlego.

Ele ficou de quatro, ofegante.

Ele virou a cabeça em minha direção e disse com um sorriso "vamos colocar esse pau duro assim que pudermos, eu preciso de outra porra disso imediatamente"

APOSTA ARRISCADA ATRÁS

87

CAPÍTULO I

Fotos de tequila, visco e a decisão mais estúpida da minha vida.

Foi há dez meses, mas ele ainda não conseguia olhar Jeremy Cartwright nos olhos.

E isso me irrita.

Não apenas por causa do sexo estúpido, estúpido da festa de Natal que eu me arrependi com todo o meu ser, mas porque depois da reunião que eu tinha acabado de suportar, eu realmente queria dar uma olhada nisso agora.

E não consegui, porque toda vez que olhava para ele, pensava nele ... quando o deixei ...

Oh, o que ele não faria por um espremedor de cérebros mágico.

Arrisquei uma breve olhada sobre a mesa.

Ele estava sorrindo para mim.

Desgraçado.

Ele não conseguia se lembrar da última vez que Jeremy atingiu um objetivo de equipe.

Então, por que ele estava sorrindo para mim do outro lado da mesa quando deveria estar envergonhado?

Porque o homem não tinha vergonha.

Não foi a falta de habilidade que o impediu, não, Jeremy era apenas preguiçoso.

Urso preguiçoso.

Ele havia subido na hierarquia por seu charme, boa aparência e substância zero.

Como alguém que lutou com unhas e dentes por cada promoção e cada degrau da escada corporativa, suas promoções sem esforço me deixaram absolutamente louco.

O bom menino do sul, a pose com a qual havia batido em todos, menos em mim.

Deve ter funcionado com Lucy Sander, a nova gerente da equipe da Divisão Leste.

Lucy, que acabara de me acusar de não ser um jogador de equipe, por causa dela.

Eu, Nancy Harrison, não sou um jogador de equipe.

Eu não sou um jogador de equipe?

Eu sou a definição do dicionário de um jogador de equipe.

Fiz tudo pela equipe.

Eu dei tudo de mim, sangue, suor, lágrimas e qualquer outro clichê estúpido.

Tudo o que ele perguntou foi se deveríamos começar a olhar para as metas individuais quando se trata de bônus trimestrais.

Pela expressão em seu rosto, ele poderia muito bem ter sugerido a matança indiscriminada de filhotes.

Não foi apenas Lucy que reagiu mal; Todos eles olharam para mim como se eu fosse Cruella De Ville.

Todos pensaram que ele tinha algum tipo de agenda maligna para reconfigurar a estrutura de bônus.

Ele não estava tentando tirar ninguém de um bônus.

Todo mundo havia perdido completamente o significado do que eu disse.

Adorei trabalhar para a Williams Resource Recovery.

Eu vim para a empresa direto da faculdade quando eu era apenas um novato no campo relativamente novo de recuperação de recursos ambientais e consultoria de redução de emissões.

Vivi pela empresa e seus ideais, principalmente suas políticas de gestão inclusiva.

Ele era totalmente a favor de promover um ambiente corporativo cooperativo em vez de competitivo.

Ele não queria quebrar completamente o espírito das metas coletivas.

Eu só queria, eu só queria ... queria ...

Para punir o preguiçoso Jeremy Cartwright.

Isso é o que eu queria.

"Qual é o seu problema?" Eu sibilei para ele do outro lado da mesa, odiando a maneira como ele soou, como algum tipo de megera insana.

Eu não sou assim, essa pessoa raivosa e amarga, foi por causa dele, só dele, que me fez agir assim.

Ele riu.

Ele riu baixinho, como se fosse um pouco divertido, o que só a fez odiá-lo ainda mais.

Éramos os últimos na sala de reuniões.

Eu tinha ficado porque se eu não tivesse praticamente encostado minha bunda no assento, agarrando os braços da cadeira, eu teria deixado a sala em um acesso de raiva que encerraria minha carreira.

Eu não me levantaria da cadeira até que minhas pernas não tremessem mais com a raiva induzida por Jeremy Cartwright.

O quanto eu queria tirar sua pose de sorriso estúpido, mas, como se pudesse sentir o quão perto de me quebrar, Jeremy ficou para trás para me provocar com sua risada melódica.

"Meu problema, querida? Qual é o seu problema? Não sou eu que fico com os nós dos dedos brancos quando ele tem dificuldade nas reuniões."

"Punhos brancos? Eu não os tenho, estou ..."

Minha indignação diminuiu quando percebi que meus dedos estavam dormentes com a perda de sangue induzida pelo aperto.

Soltando meus dedos dos braços da cadeira, respirei fundo e comecei um canto interno.

Estou calma.

Estou calma.

Estou calma.

Ele estava fazendo um trabalho muito bom em me acalmar - as espinhas tinham desaparecido da minha visão periférica e eu não conseguia mais sentir o batimento cardíaco na minha testa quando ele começou a cantarolar.

Esse rato bastardo.

Last Christmas, a música que tocava quando nós ... quando ele ...

Oh Deus, eu não deveria, eu não queria voltar lá, não agora.

Eu me forcei a olhar para cima para encontrar seus olhos azuis malignos.

Falei devagar, em um esforço para impedir que a fúria estridente que fervia em meu sangue se infiltrasse em minha voz:

"Meu problema, Jeremy, é que você não pode atingir um objetivo simples de salvar sua vida vaga e sem valor."

"De verdade?" ele arrastou as palavras.

Acabei de chamá-lo de preguiçoso e inútil e o homem nem teve a decência de parecer um pouco irritado.

Ele apenas inclinou a cabeça, como se tivesse dito algo interessante para ela.

"Nancy, vou cumprir esses objetivos. Na verdade, não vou apenas cumpri-los, querida, mas vou superar os seus."

Eu não pude evitar o bufo alto.

Eu tinha que estar brincando.

A sério?

Não havia como ele estar falando sério.

No ano passado, ele não estava nem perto de acertar o alvo.

"Certo. Sim."

Inclinei-me sobre a mesa e pontuei cada palavra com um aceno zombeteiro de cabeça.

"Em teus sonhos."

A fachada de bom menino do sul desapareceu momentaneamente e os olhos azuis suaves ficaram gelados.

"Você quer apostar algo, Srta. Harrison?"

De repente, fiquei preocupada, assustada mesmo, o que não fazia sentido porque a bravata dele não tinha chance de me pegar, muito menos de me esmagar.

Os objetivos deveriam ser apresentados em menos de três semanas.

Mas por algum motivo, ele não queria jogar.

Ele não queria arriscar saber a intenção do que quer que estivesse escondido naquele olhar gelado.

Eu não respondi.

Decidindo ser o adulto, levantei-me e contornei a mesa em direção à saída.

A cada passo, eu deixava claro que era muito maduro para brincar com essas coisas.

Eu estava gostando de jogar a carta da maturidade, mas quando o toquei, ele estendeu a mão e segurou meu braço.

"Você está assustado?" ele me desafiou com aquele sotaque sulista suave dela.

Eu apertei sua mão.

"Sim. Claro. Estou tremendo. Absolutamente apavorado. Sacudindo minha bunda."

Eu me virei, inclinei minha bunda em direção a ele e sacudi, sacudindo-a como um extra em um videoclipe de rap.

Grande erro meu.

Ele riu.

Um boato delicioso que sem dúvida fez todas as orelhas femininas que poderiam estar ouvindo suspirar com o som, todas exceto eu.

Ele se levantou, se inclinou mais perto, tão perto que seu queixo áspero roçou minha orelha e eu tive que lutar contra um calafrio.

Quando ele se encostou na minha bunda, ele murmurou:

"Que tal apostarmos nessa bunda?"

Eu me virei e o empurrei com as duas mãos contra o peito.

"Do que?"

"Aposte na sua bunda, Srta. Harrison. Muito forte para você? Quer recuar?"

Olhei para as portas abertas da sala de conferências para verificar se ninguém tinha ouvido suas palavras antes de sussurrar para ela.

"A aposta vale para os dois lados, amigo. Você está pronto para enfrentar a perda do menino bonito?"

Eu encarei sua bunda, o que o fez rir novamente.

"Acho que estou bastante seguro com isso", disse ele.

O que me deixou louco.

Ridiculamente furioso.

Estúpido o suficiente para estender minha mão e dizer:

"Você o tem como um menino bonito."

Estúpido, não porque pensei que poderia ganhar, mas porque estava cedendo à sua pretensão de me envolver nessa aposta.

"Querida, vou bater em você na próxima semana", disse ele com um olhar para a minha mão estendida, o que me tirou de foco.

"É o que você gostaria."

Eu olhei para ele, o que só fez seu sorriso se transformar em um sorriso largo.

Ele estava prestes a retirar minha mão estendida quando a pegou e me puxou para ele.

Ele se inclinou, sua boca contra minha orelha, o sândalo e o cheiro do homem queimando com ele.

"Oh, querida, nós dois sabemos a verdade. Não é?"

O som de sua voz.

O cheiro da sua pele.

O calor de seu corpo contra mim me fez recuar.

De novo o maldito Wham ronronando.

Visco pendurado na porta do escritório.

O gosto de rum e bolo de fondant em seus lábios.

O calor de sua mão batendo na minha bunda.

A ponta de madeira dura da mesa mordendo meus ossos do quadril.

O som da minha voz gritando no orgasmo, implorando por mais.

Essa noite.

Naquela noite estúpida e imprudente eu havia cercado um dedo molhado com meus próprios sucos contra meu ânus.

Repetidamente ele provocou aquele lugar secreto, cada golpe um pouco mais profundo, até que empurrou tudo para dentro.

Sua voz profunda ecoou em meu ouvido me dizendo que a próxima vez que ele me fodesse, seria lá.

Sacudi a memória.

Não houve da próxima vez.

Não haveria próxima vez.

Não havia tequila suficiente no mundo para me fazer voltar àquela situação.

"Você está tão tensa, Nancy. Tão nervosa. Eu posso te ajudar com isso", ele murmurou enquanto abaixava a mão para descansar na curva da minha bunda.

Um tiro de calor passou por mim com seu toque.

Afastei-me com vergonha de como as memórias me deixaram molhada.

O que era esse homem?

Como ele pode me deixar com tanta raiva e ainda querê-lo?

Eu estava prestes a desistir da aposta.

Dizendo a ele que foi tudo um grande erro estúpido quando, naquele momento, ele colocou o dedo nos meus lábios.

"Shh, Nancy, não há tempo para falar, eu tenho que voltar ao trabalho se vou bater seus números."

E então ele se foi.

Não muito rápido.

Ainda daquele jeito sulista de "todo o tempo do mundo", ele saiu da sala de conferências e voltou ao escritório.

CAPÍTULO II

Tracy me encontrou na minha mesa.

Como eu sabia que seria aqui.

Eu havia evitado deliberadamente a sala de jantar na vã esperança de me livrar dessa conversa, mas tudo que parecia ter feito era adiar o inevitável.

"Então", disse ele, inclinando-se sobre a minha mesa, "você se parece com o Grinch. Ouvi dizer que está tentando roubar nossos laços coletivos."

Eu não respondi.

Ele se sentou na minha cadeira de hóspedes sem perguntar e se aproximou, trazendo muito cheiro de tabaco e maconha.

"Você sabe qual é o problema, certo?"

Eu sabia para onde isso estava indo.

Onde sempre foi com Tracy ...

"Você precisa tirar aquele homem da sua cabeça"

... sob o cinto.

De acordo com Tracy, não havia absolutamente nada no mundo que não pudesse ser consertado sendo uma boa puta.

Da crise do Oriente Médio a um dia ruim: ele sempre conseguiu encontrar uma forma de reduzir tudo ao sexo.

Suspirei e abaixei minha cabeça para bater suavemente na mesa.

"Lembre-me de novo, por que exatamente você é meu melhor amigo?"

Ela riu, som doce misturado com áspero, o produto de uma afeição ao longo da vida pelos sabores de Lucky Strike.

"Porque você precisaria sair do emprego para encontrar outra pessoa e ..."

Eu interrompi, terminando a frase dele ...

"... Eu sei tudo sobre você, então mais do que você de qualquer maneira."

"Uau. Huh."

Ele acariciou minha cabeça para baixo.

"Você precisa cortar o cabelo, querida. Por que você não vai cedo hoje? Deus sabe que eles devem horas a você."

Sentei-me e passei a mão pelo cabelo, pegando minha longa franja.

"Eu não posso, eu preciso ..."

"Você precisa ser fodido. Você precisa cortar o cabelo. Você precisa de uma vida. É disso que você precisa. A terra não vai afundar no caos do carbono porque você sai da empresa um pouco mais cedo para se consertar."

Suspirei.

Minha franja mais uma vez caindo no meu rosto.

Eu apaguei com uma lufada de ar.

Talvez ela estivesse um pouco certa, mas ela sabia que eu era teimoso demais para admitir.

Olhamos um para o outro, eu franzindo a testa por uma cortina de cabelo e ela sorrindo, aquele sorriso perfeito de rainha da beleza.

Ele estava sorrindo para mim um sorriso falso.

Eu desmoronei primeiro.

Se não fosse por aquele encontro e o estúpido Jeremy Cartwright, eu poderia ter tido a energia para manter meu olhar destemido, mas cedi.

Foi culpa dele.

Foi tudo culpa dele.

"Tudo bem", eu disse.

Tracy se levantou.

"Eu sei que estou certa", disse ela enquanto seu sorriso de rainha da beleza se transformava em um grande sorriso.

"Eu não disse que você estava certo."

Ele cobriu o ouvido com a mão e disse:

"O que foi isso? Não ouvi nada depois que você disse que ele estava certo."

Murmurei um "cadela" inútil enquanto ela se retirava.

Ele parou na porta e disse por cima do ombro:

"Oh, eu marquei para você uma consulta para quatro pessoas com Dustin no salão de cabeleireiro. Não se atrase. E faça o que eles mandarem."

"O quê? Eu só quero um corte de cabelo. Nada mais", eu gritei, mas ela já estava virando a esquina.

CAPÍTULO III

Voltei no dia seguinte com meu cabelo cortado, tingido, polido, encerado e quase quatrocentos dólares mais pobre.

Apesar do inesperado desembolso de dinheiro, me senti muito bem comigo mesmo até que vi.

Ele estava encostado no batente da porta do escritório, parecendo um dos grandes felinos que vira no Discovery Channel na noite anterior.

Com seu cabelo loiro avermelhado e sorriso predatório, era fácil imaginar sua cabeça como a de um leão orgulhoso.

Ele moveu os olhos da minha cabeça para os meus pés e, em seguida, lentamente ergueu o olhar ao contrário para acabar no meu rosto novamente.

A maneira como ele olhou para mim me deixou nervosa.

Me deteve.

Parei bem no meio do corredor.

Eu não tinha percebido que tinha congelado como uma presa atordoada até que alguém roçou meu braço e eu reagi.

Ele riu.

Furiosa, fui até ele e dei um tapinha em seu peito.

Ele a pegou, segurando-a com força.

"Do que?" ele disse com uma falsa inocência irritante.

Eu bufei, puxei minha mão da dele e o empurrei para continuar em direção ao meu escritório, jogando minha bolsa sobre a mesa.

Annabelle, a mulher com quem eu dividia o escritório nos últimos dois anos, estava de licença maternidade, então eu tinha o escritório só para mim.

Eu gostei desse jeito.

Ela não era realmente uma garota que gostava de espaço compartilhado.

E em um mundo perfeito, eu teria um escritório só para mim no canto.

Jeremy entrou sem perguntar e colocou seu traseiro firme na mesa de Annabelle.

Eu o ignorei, liguei o computador e verifiquei meus e-mails como se ele não estivesse no escritório.

Ele pigarreou.

Eu mantive meus olhos na tela.

Ele riu e eu senti uma pulsação de raiva começar a bater na minha testa.

"Você está linda, minha querida."

Eu me virei para olhar para ele.

Então você me lisonjeou, eu deveria agradecê-lo por algo agora?

Pouco improvável de acontecer.

"Eu sei," eu disse com um rosnado.

Rindo, ele deu um passo à frente para se encostar na minha mesa.

Ele empurrou os papéis da mesa e apoiou-se nos cotovelos.

Seu fodido arrogante.

Eu olhei para ele.

Ele se aproximou de mim.

"Tracy me disse que você saiu cedo ontem para uma visita ao salão de beleza."

Eu concordei.

Ele levantou a mão e puxou uma mecha encaracolada do meu cabelo.

"Você arrumou seu cabelo."

Eu balancei a cabeça novamente.

"Algo mais?"

Afastei-me da mesa, afastei a cadeira dele.

Por seu cheiro.

Por sua presença.

Seus olhos deslizaram pelo meu corpo e deliberadamente pararam na junção das minhas pernas.

Seu olhar era um calor abrasador que senti latejando entre minhas coxas tensas.

Eu tinha sido depilado.

Mais do que esperava, aparentemente Tracy havia explicado alguns pedidos especiais a Dustin.

Eu resisti à depilação completa, pois preferia que meu campo de jogo fosse pelo menos ligeiramente gramado.

Como ele soube?

"Tracy", murmurei.

Ele riu, afastou-se da mesa para se levantar e assentiu.

"Ele te contou? Ele te contou sobre minha depilação?"

Eu não podia acreditar que ela fez isso!

Por que ela faria isso?

Ele riu de novo, mais alto.

Quando ele terminou, ele disse:

"Oh, querida, ela me disse que você esteve no salão. Ela me disse que você tinha depilado tudo."

Meu rosto ficou vermelho como um caminhão de bombeiros.

"Você fez isso por mim?" ele perguntou, inclinando a cabeça.

"E se eu fiz? E se eu fiz?" Eu gaguejei: "Você está falando sério? Você está realmente me perguntando isso?"

"Não. Na verdade, não. Eu só gosto de brincar com você. É melhor você voltar ao trabalho. Então, se você considerar o quão cedo você saiu ontem, você terá que recuperar o atraso hoje."

Sua boca ainda estava aberta muito depois que ele saiu.

CAPÍTULO IV

Tracy me encontrou assim.

"Oh baby, seu cabelo está ótimo. O quê? O quê?" Ela olhou por cima do ombro. "O que você esta olhando?"

Eu balancei minha cabeça.

Ela assentiu com a cabeça e se sentou na mesa de Annabelle.

"Aaah, Jeremy estava aqui, certo?"

"Sim, foi. Idiota."

"Por que você odeia tanto aquele homem?"

"Ele é preguiçoso. Ele não fez nada desde que chegou aqui. Ele apenas aparece parecendo perfeito e conseguindo tudo o que deseja."

"Sério? Hmmmm."

Tracy arqueou uma sobrancelha e baixou a cabeça.

"O que isto quer dizer?" Eu exclamei.

"O mundo é todo preto e branco para você, certo? Bom e ruim. Sem tons de cinza."

"Não há cinza aqui", eu disse, encaminhando o relatório do último trimestre que estava lendo ontem à tarde, "Aqui está em preto e branco quem trabalha e quem não trabalha. Jeremy não. Ele não se transferiu de Chicago em ano passado ".

Tracy balançou a cabeça.

"Às vezes, querida, a verdadeira história não está no papel. Está na pessoa."

"Eu conheço a pessoa", eu disse, "Ele é um idiota arrogante. Essa é a pessoa. Olha, eu tenho que trabalhar. Se tudo que você tem agora são opiniões enigmáticas sobre Jeremy Cartwright, podemos remarcar essa conversa para o almoço ... Ou talvez nunca?

Tracy balançou a cabeça novamente antes de assentir rapidamente e caminhar até a porta para sair.

Ele parou na porta, se virou e disse:

"Basta pensar, Nancy, querida, a vida é mais do que apenas fazer um bom trabalho. Jeremy Cartwright é a única coisa pela qual você foi apaixonado além de cortar as emissões de carbono ou a campanha do presidente. Quero que pense sobre isso. Certamente isso significa alguma coisa. "

"Isso não significa nada. Ele não significa nada."

Ela encolheu os ombros e disse por cima do ombro ao sair:

"Eu não estou dizendo para você se casar com o menino. Apenas estrague-o um pouco."

Por mais zangado que ela tenha me feito com todos os seus comentários enigmáticos sobre Jeremy, não pude deixar de rir de sua resposta.

Foda-se um pouco.

Eu já fiz isso.

Nesta mesma mesa, na verdade.

Meus mamilos traidores endureceram com a memória.

Desliguei o flashback antes que ocupasse todo o meu corpo e voltei para a tela do computador.

Ele tinha trabalho a fazer, não tinha tempo para Jeremy Cartwright.

CAPÍTULO V

Trabalhei até o almoço.

Tracy colocou a cabeça para fora brevemente para me repreender, mas eu a ignorei e continuei trabalhando.

Só quando ergui os olhos da tela do computador para esticar minha dor nas costas é que percebi que as luzes do corredor estavam apagadas.

Estava escuro.

Olhei para o relógio e vi que eram quase nove da noite.

Meu estômago roncou em protesto.

Afastei-me da minha mesa, levantei-me e fui procurar a máquina de venda automática mais próxima.

Eu estava na frente da máquina de venda automática tentando justificar a combinação de vários pacotes de comida embalada como um jantar nutritivo quando as portas do elevador se abriram.

Eu cheirei antes de ver.

Comida tailandesa.

O cheiro de limão picante e alho pairava no ar quase me fazendo desmaiar.

"Pringles para o jantar?"

"E um envelope de amendoins", respondi.

Jeremy riu.

"Certo, porque isso faz toda a diferença."

"Claro que sim."

Segurando o Pringles, eu disse:

"Batatas" e depois os pacotes de amendoim, "Sementes".

Ele ergueu o saco plástico de comida que segurava na mão esquerda, "Cartwright é tailandês. O suficiente para dois. Quer um pouco?"

Eu balancei minha cabeça enquanto meu estômago gritava um rosnado constrangedor dizendo sim.

Jeremy olhou incisivamente para meu estômago ainda choroso, o canto de sua boca se contraindo em um sorriso divertido.

"Ok," eu disse estendendo a mão para pegar a sacola da mão dela, "vamos fazer isso então."

"Com uma aceitação tão graciosa, estou mais do que feliz em concordar."

Ele estendeu a mão na frente dele e me deu uma pequena reverência.

"Por favor, mostre o caminho."

Eu fiz uma careta, girei nos calcanhares e me dirigi para a sala de descanso.

Ele agarrou meu braço, seus dedos apertando meu pulso.

"Uh, uh", disse ele, "no meu escritório."

"Por quê?"

"Porque é a minha comida e posso dizer onde comemos."

Eu queria dizer a ele onde colocar a comida, mas a ideia de voltar para os Pringles e um jantar de amendoim me fez sufocar as palavras.

"Bom," eu disse sacudindo meu braço de sua mão.

Ele soltou meu pulso e com um leve sorriso levou a mão ao meu rosto.

Ele correu um dedo da minha testa até o queixo e, em seguida, colocou uma mecha de cabelo solta atrás da minha orelha.

Prendi a respiração para que não me soltasse.

Ele se aproximou.

Suspirei, fechei os olhos, levantei o queixo e esperei, pronta para um beijo que não veio.

Ele foi embora.

Senti a perda de sua proximidade quando um arrepio percorreu meu corpo.

Que tonta!

O que eu estava pensando esperando ele me beijar?

Eu olhei para cima, esperando vê-lo sorrindo para mim, mas ao invés ...

O ar saiu dos meus pulmões novamente quando encontrei seus olhos.

Fogo azul.

O calor tomou conta de mim.

Uma onda de desejo que quase dobrou meus joelhos.

"Venha", disse ele.

"Vamos lá?"

Ele apontou para o saco plástico esquecido pendurado na minha mão.

"Oh, jantar," eu disse e balancei a cabeça, caminhando para segui-lo até seu escritório.

Seu escritório ficava na esquina.

Com duas montras com vistas espectaculares e sem necessidade de partilhar.

Outro motivo para não gostar.

Ele não acendeu a luz quando entramos, o que achei muito estranho.

Ele estava prestes a acender a luz quando acendeu uma luminária de mesa que banhava a sala em um amarelo suave.

"Bom," eu disse apontando para a velha lâmpada de mesa de latão.

"Meu avô me deu", ele respondeu enquanto puxava sua cadeira de trás da mesa e a colocava ao lado da cadeira de hóspedes. "Você pode se sentar."

Eu fiz, desejando que ele não tivesse movido sua cadeira para tão perto da minha.

Seu joelho bateu em mim quando ele se sentou.

Ela enfiou a mão na sacola e tirou as pequenas caixas de comida, duas garrafas de água e dois jogos de talheres.

Dois?

Peguei os talheres oferecidos e não pude evitar.

Eu nunca poderia fazer isso.

A curiosidade não respondida me consumiria.

"Por que dois jogos?" Eu lhe perguntei.

"Eu sabia que você ainda estava aqui. Eu sabia que você não tinha comido."

"Ouve!" Eu protestei apontando para o recipiente de Cartwright Thai que coloquei no colo.

Ele revirou os olhos.

"Comida de verdade. Eu sabia que você não teria comido comida de verdade."

"Então," eu disse enfiando um garfo cheio de macarrão tailandês na boca, "Por que você se importa?"

"Eu me importo", disse ele fixando aqueles olhos azuis em mim.

De repente, fiquei nervoso.

Então eu fiz o que veio naturalmente para mim nesses momentos.

Comecei um balbucio incoerente de informações inúteis:

"Os tailandeses não usam pauzinhos. Não há pauzinhos. Você sabia disso? Um garfo e uma colher. É isso que eles usam. Uma das poucas nações asiáticas que usa. O garfo é usado para colocar comida na colher. Você come de a colher. Após a anexação de ... "

Ele estendeu a mão gentilmente tocando meu joelho.

Fiquei surpreso e parei de tagarelar.

"Coma", disse ele.

"Ok. Gosto."

Comemos em silêncio.

Comi mais do que o necessário para manter minha boca ocupada.

Caso contrário, eu teria deixado escapar todas as perguntas que coçaram logo abaixo da superfície.

Por que ele se preocupa comigo?

O que ele queria de mim?

"Obrigada pelo jantar," eu disse, tomando um último gole da minha água antes de me levantar.

"Sem problemas", ele respondeu enganchando a mão em volta do meu quadril e me puxando para ele.

Eu tropecei, abrindo minhas pernas para me equilibrar.

Ele empurrou uma coxa entre minhas pernas abertas e se espalhou ainda mais quando ele me empurrou para baixo, forçando-me a montá-lo.

Ambas as mãos deslizaram para cima da minha saia puxando o tecido até amontoar em volta dos meus quadris.

Seus polegares percorreram a parte interna das minhas coxas, até que roçaram a barra da minha calcinha.

Eu não pude evitar, eu avancei com um convite óbvio.

Ele deu uma risadinha.

O som quase me exasperou, mas seus dentes encontraram meu mamilo.

Merda.

O calor passou por mim enquanto eu puxava a ponta macia.

Rude.

Durado.

Sim.

Sim, era isso que eu queria.

O que eu precisava

Como ele soube?

Seus dedos agarraram a parte redonda da minha coxa, mordendo a pele quando seu polegar caiu sob a bainha elástica da minha calcinha.

Ele se moveu mais para baixo, mergulhando na piscina de calor úmido que seu toque havia criado.

Ele empurrou para dentro, cobrindo o polegar e, em seguida, arrastou-o até o meu clitóris.

Merda.

Escorregadio e molhado de minha necessidade, seu polegar tocou meu clitóris com precisão.

Eu me equilibrei em sua mão, arqueando minhas costas e empurrando seu polegar, incentivando-o a continuar.

"Diga-me", disse ele, sua boca ainda no meu mamilo, suas palavras vibrando contra a minha pele.

"Do que?"

"Diga-me que você quer isso ... você quer que eu faça isso com você."

Suas palavras penetraram na névoa de luxúria e me trouxeram de volta ao mundo real.

O que diabos ela estava fazendo no cio no colo de Jeremy Cartwright?

"Não!" Endireitei meus pés no chão e empurrei para cima.

Eu me levantei de seu colo para ficar na frente dele.

Sua mão escorregou da minha calcinha quando eu fiz.

Coloquei minhas mãos em seus ombros para me equilibrar e saí de seu colo.

Com as mãos trêmulas, alisei minha saia.

Quando não estava mais exposto, eu disse:

"Eu não quero isso. Eu não quero você."

Ele riu, um som vazio.

Trazendo o polegar ainda úmido à boca, ela passou a ponta pelo lábio inferior e lambeu o local.

"Você mente", disse ele, "você sabe. E eu sei."

"Lixo. Não é você. Já faz um tempo desde que eu fiz isso. Eu poderia ter reagido a qualquer um que tivesse verificado isso em mim."

"Quanto tempo?" Eu pergunto.

Dez meses, pensei, mas respondi:

"Não é assunto teu".

"Vá embora, então", disse ele, apontando para a porta, "Fuja Nancy. Você está seguro em suas pequenas mentiras por agora."

"O que você quer dizer com agora?"

Eu me amaldiçoei por responder a ele.

Por que ele não podia simplesmente deixar estar?

Por que ele sempre precisava saber?

Ele deu um passo em minha direção.

"Quando eu ganhar a nossa aposta. Antes de tomar essa sua bunda, vou fazer você admitir. Admita que me ama."

"Sim? Você ..." Fiz uma pausa antes de parecer muito boba, mas não pude deixar de dar um passo e enfiar um dedo em seu peito.

Ele retirou meu dedo de seu peito e prendeu minha mão na dele.

"Você vai me implorar, Nancy Harrison."

"Nem mesmo em seus sonhos," eu sibilei, me afastei e deixei seu escritório.

Ele estava a dois passos do corredor quando eu parei, me virei e voltei para a porta aberta.

Ele estava sentado em sua mesa, olhando estranhamente para a lâmpada em sua mesa.

"Obrigado pelo jantar."

Ela olhou para cima e me deu um sorriso que, se eu estivesse mesmo remotamente inclinado a ser honesto, teria que admitir que meus joelhos viraram água.

Em vez de ser honesto, soltei um grunhido de raiva e voltei para o corredor.

CAPÍTULO VI

"Ele trapaceou", eu sussurrei, boquiaberta com o e-mail que acabei de receber.

"Quem traiu?" Perguntou Tracy.

Eu estava sentado na beirada da minha mesa inspecionando suas unhas, esperando que ela terminasse para que pudéssemos beber depois do trabalho.

"Jeremy Cartwright excedeu as metas".

"Eu sei", disse ele com total indiferença à mistura de adrenalina, pânico, luxúria e raiva que girava em partes iguais pelo meu corpo.

Ele não contara a Tracy sobre a aposta.

Era muito estúpido e infantil falar sobre isso e, como tinha a ver com Jeremy Cartwright e sexo, ele não tinha dúvidas de que Tracy estaria do seu lado.

"O que você quer dizer com sabe?"

"Você acabou de receber a cobrança completa de sua conta. Portanto, é claro que ela estará no topo da lista."

"Do que?" a palavra saiu como um grito estridente.

"Ele está no escritório em tempo parcial. Ele veio de Chicago para cuidar de seu avô. Mas agora ele entrou em uma casa de repouso em tempo integral, então ele também voltou em tempo integral para trabalhar."

"Como eu não sabia disso?"

"Talvez porque você nunca sai do seu escritório? Talvez se você falasse com outra pessoa que não eu ..."

Levante a sua mão.

"Uau, então eu falo com você. Então por que você não me contou?"

"Depois da porra da festa de Natal, sua calcinha estava tão arrumada", ela suspirou, e, erguendo os dedos para fazer aspas, disse, "ela me proibiu de mencionar o nome dela."

OK, talvez tudo isso fosse verdade.

Talvez ele não fosse tão vago quanto pensava.

Mas ele certamente era tão astuto quanto pensava.

Ele sabia que voltaria em tempo integral.

A aposta foi fraudada!

Inclinando-se a seu favor o tempo todo.

"Onde vamos tomar uma bebida?"

Ela franziu o cenho.

"Harry's, onde sempre vamos."

"Não. Vamos, irlandês."

"Irlandês?" Tracy ergueu as sobrancelhas tanto que quase caíram do rosto. "Você odeia o irlandês. É para onde todos vão."

"Eu sei."

É onde ele estaria.

O rato e bastardo mentiroso sorrateiro.

CAPÍTULO VII

Ele não estava ali.

Mais uma razão para minha raiva aumentar.

Ele odiava o irlandês.

Era um dos favoritos dos típicos escriturários de escritório e, infelizmente, principalmente devido à proximidade, Williams Resource Recovery.

Fiquei enfurecido por cerca de trinta minutos pela chegada do homem do momento.

Ele não fez isso, então deixei Tracy inconscientemente feliz com seu coquetel (e um jovem banqueiro mercantil ingênuo) e voltei para o outro lado da rua para ver se ela ainda estava em seu escritório.

Houve.

Aparentemente esperando por mim, porque quando abri a porta, ele fez pouco mais do que se recostar na cadeira e sorrir.

"Você trapaceou."

- Não é exatamente verdade, Srta. Harrison. Todas as informações estavam disponíveis para você. Você simplesmente não entendeu ou não achou interessante.

A verdade de suas palavras me magoou.

"Vamos fazer isso então," eu disse em um flash de bravata movida a adrenalina que me arrependi do momento em que meus lábios selaram as palavras.

"Feche a porta", ele deu a ordem e se levantou.

Meu coração batia forte.

Minha garganta apertou.

Virei para a porta pensando em um vazamento.

Não tenho certeza de como exatamente meus dedos trêmulos foram capazes de ativar o mecanismo de travamento.

Eu me virei para ele.

O calor e o frio terrível percorriam meu corpo em ondas contraditórias.

Comecei a suar ao mesmo tempo que pequenas picadas percorriam minha pele.

Lembrei-me que em sua mesa ele disse que me queria, então, com as pernas bambas de medo, levantei-me até minhas coxas baterem na madeira.

Ele havia saído da mesa para aparecer atrás de mim.

Eu consertei minhas pernas, fechando meus joelhos.

Recusei-me a deixá-lo me ver tremer.

Ele se aconchegou perto.

Eu podia sentir o calor de seu corpo.

Virei a cabeça, olhando por cima do ombro, mas sem fazer contato visual.

"Com saia ou sem saia?" Eu perguntei com indiferença fingida.

Ele riu, um som estrondoso que vibrou contra meu pescoço.

"Você está tão ansioso?" Ela murmurou.

"Apenas faça agora", eu deixei escapar por entre os dentes cerrados.

"Não disse.

"O que você quer dizer com não? Foi ideia sua estúpida!"

Eu me virei e me encontrei presa em seus braços.

Ele se abaixou para descansar as palmas das mãos na mesa.

Ele falou contra a curva do meu pescoço.

"Não, eu não quero," seus lábios traçaram beijos suaves pelos tendões tensos entre cada palavra, "Eu quero você. Molhada. Querendo. Implorando por isso."

"Eu não vou implorar," eu disse enquanto arqueava meu pescoço para trás para dar a sua boca pecaminosa mais espaço para se mover.

"Você vai fazer isso." Ele colocou a mão no meu queixo para levantar meu rosto e olhar para ele. "Você amou da última vez. Você queria mais, não é?"

Lutei contra o aperto que ele tinha no meu queixo e balancei a cabeça.

Ele baixou a boca para mim, seus lábios se moveram sobre os meus e ele disse:

"Mentiroso".

Eu me abri para ele sem pensar.

Eu deixei sua língua alcançar a minha, suspirando de prazer enquanto a ponta molhada tocava comigo tão bem.

OK.

Tão bom.

Foi assim que caiu da última vez.

Não tinha sido a tequila.

Tinha sido sua boca.

Isso é o que me embriagou para abrir minhas pernas.

Eu arqueei para ele, amando a sensação de seu peito duro pressionando contra meus seios.

Sua boca deixou a minha e não pude evitar o suspiro de decepção que a perda emitiu.

Ele se ajoelhou.

Eu o observei enquanto suas mãos lentamente subiam pelas minhas panturrilhas.

Suas mãos pararam em meus joelhos para espalhar mais minhas pernas.

Eu fiz isso sem protestar.

Dedos enfiados sob minha saia.

Deslizando-os, deslizando-os ao longo da pele macia e sensível da parte interna das minhas coxas.

A saia pegou minhas pernas e quando tentei abri-las mais, de repente tive vontade de tirá-la.

Eu queria tudo fora.

Corri meus dedos para o zíper lateral da minha saia, mas ele não se moveu.

Procurei a saia.

Frustrado, soltei uma maldição que o fez rir.

A realidade interveio com o som e percebi como foi rápido para capitular.

Fiquei furioso com a ideia: Oh, como ele deve amar isso!

Eu soltei o fecho bufando e olhei para baixo, pronta para dizer algo sarcástico quando vi seus olhos.

Não houve risos lá, nenhum triunfo, apenas necessidade nua e crua.

Isso me atingiu com força.

O ar saiu dos meus pulmões em um sussurro.

A realidade se dissolveu com a necessidade que ela tinha de ser fodida.

O ar então mudou naquele momento.

Ficou elétrico, acendendo com a isca de nossa necessidade.

Eu rasguei a lateral da minha saia.

Um som de partir o coração que rasgou o ar, mas eu não me importei.

Eu queria tudo fora.

Tudo para fora.

Agora mesmo.

Ele me ajudou a puxar minha saia para baixo.

Ele se acumulou aos meus pés, deixando-me em pé apenas com os saltos e as meias até os joelhos.

Fui tirar os sapatos, mas ele balançou a cabeça e deixou escapar "Não".

Ela estava usando uma calcinha simples.

Nada extravagante, sem renda, apenas algodão rosa, mas eles ainda o faziam gemer.

Senti uma onda de prazer com o som.

Seus dedos atacaram minha blusa, puxando os botões de pérola com total desprezo.

Eu ouvi um ping da prateleira quando ela abriu minha camisa.

Então ela se levantou e colocou a blusa sobre meus ombros, passando a mão pelos meus braços para removê-la completamente.

Ele se afastou e olhou para mim.

Eu lutei contra o desejo de me cobrir, cavando meus dedos na borda da mesa.

O tempo parou enquanto ele observava até que ele estava cheio.

O suspiro da minha respiração quebrou o silêncio do escritório.

Esperar.

Clima.

Meus mamilos incharam dolorosamente, minha boceta molhada esperando.

Ela não estava acostumada a esperar.

Controle não era algo de que desistia facilmente.

Estava tensa como uma corda vibrando enquanto esperava que ele fizesse seu movimento.

Seus movimentos pareciam deliberadamente lentos quando ele voltou para ficar perto.

Como se ele tivesse se acalmado após a vontade de tirar minhas roupas.

Ele não falou, em vez disso murmurou sons indistintos de prazer enquanto deslizava as mãos sobre minha pele.

Ele me explorou como se mapeasse minha topografia, seus dedos seguindo cada mergulho e curva com intensa concentração.

Eu gemi e movi meus quadris, impaciente para que os dedos se movessem para o sul.

Ele ignorou o movimento insistente dos meus quadris e continuou sua exploração tortuosamente lenta.

Quando seus dedos deslizaram pela curva da minha barriga e roçaram a bainha elástica da calcinha, eu rosnei:

"Sim".

Eu pensei que ele iria afundar mais e finalmente tocar minha boceta, mas em vez disso, ele levou as mãos aos meus quadris e me virou para ficar na frente da mesa.

Seus dedos zombeteiramente se moveram pela minha bunda e então deslizaram para cobrir meus tornozelos, espalhando minhas pernas ainda mais.

Tive que me inclinar para frente para manter o equilíbrio, apoiando os cotovelos em sua mesa.

As mãos massageadoras percorreram minhas panturrilhas, os dedos talentosos cravaram no músculo até que o tempo se tornou quase líquido.

Quando ele ficou de joelhos, ele colocou sua boca em jogo, deixando um rastro de beijos molhados na curva sensível.

Não pude evitar o balanço de meus quadris, meu corpo se movia sem pensar, balançando de prazer.

Suspirei quando seus polegares cravaram em meus músculos, aliviando os nós e as dores.

Onde seus dedos foram, eu segui sua boca, beijando, mordendo, lambendo e finalmente acariciando sua barba por fazer.

Quando suas mãos alcançaram minha bunda, eu esperei, pronta para ele tirar minha calcinha.

Ele não fez isso.

Em vez disso, ele deslizou os polegares sob a borda quadrada da calcinha do jovem e a ergueu.

Ele puxou até que o tecido se encaixou entre minhas nádegas e balançou contra minha fenda molhada e latejante clitóris.

Fiquei na ponta dos pés com um suspiro quando ele puxou minha calcinha com um efeito devastador.

Eu poderia gozar assim.

Percebi quando o pano molhado acariciou meu clitóris.

Recuei, incitando-o a continuar com meus suspiros e gemidos.

"Sim. Sim", eu gemi no início de um orgasmo iminente.

E ele parou de me dar um tapa na bunda.

"Ainda não", disse ele, e eu literalmente mordi a vontade de gritar, afundando meus dentes dolorosamente em meu lábio inferior.

Ele tirou minha calcinha em um movimento.

Ambas as mãos agarraram as bordas e as baixaram rapidamente.

Ele tocou minha perna quando a calcinha, esticada até o limite, atingiu meus joelhos.

Como eu não me movi rápido o suficiente, ela rasgou a calcinha no reforço.

Os dois restos caíram sobre meus sapatos.

Não tive tempo de protestar.

No momento em que minha bunda estava nua, ele deslizou minhas pernas ainda mais e enfiou o rosto na minha bunda.

Suas mãos foram para minhas nádegas, com os dedos estendidos, ele os abriu mais.

Eu gritei em choque no momento em que sua língua atingiu minha bunda.

Pequenas voltas.

Eu me descobri soando no mesmo ritmo que ele com sua língua:

"Uh, uh, uh, uh ..."

A sensação era incrível.

Nunca senti algo assim.

Eu me equilibrei contra sua boca.

Minhas mãos se estenderam e agarraram a mesa.

Os papéis deslizaram sob meus braços agitados e amassaram entre meus dedos.

Uma mão deixou minha bunda para passar entre minhas pernas.

Seu polegar, acho que foi seu polegar, mergulhou na minha boceta molhada e depois no meu clitóris.

Ele circulou a protuberância inchada enquanto pressionava sua língua contra meu ânus.

Senti meu ânus tenso relaxar com o impulso insistente de sua língua.

A lingua.

O polegar no meu clitóris.

Eu sucumbi

Minha boca pressionou contra a madeira.

Eu chorei com ruídos de animais, sem palavras, gritos e rosnados.

"Uh, uh, uh, eeeeee", senti meu ânus se contorcer em sua língua.

Seu polegar deu um último golpe no meu clitóris e então seus dedos desceram para mergulhar na minha boceta.

Eu montei o orgasmo em sua mão, contraindo-o em seus dedos.

Exausto, eu deslizei para frente, jogando mais papéis no chão enquanto desabava com meu torso em sua mesa.

Enquanto ele estava deitado assim, espalhado em sua mesa, ele ficou atrás de mim.

Senti a pressão de sua ereção aninhada entre minhas nádegas.

A sensação de seu pau duro ali me lembrou da aposta ainda a ser paga e fiquei tensa.

CAPÍTULO VIII

Ele passou a mão pelas minhas costas agora rígidas, ao longo da minha espinha.

"Relaxe," ele disse enquanto se movia lentamente pela protuberância da minha espinha.

Eu não conseguia relaxar.

Tudo que eu conseguia pensar era no tamanho de seu pau e no tamanho do meu ânus, o que me fez estremecer.

Ele se inclinou sobre mim, sua boca na base do meu pescoço e murmurou:

"Tudo bem. Eu não vou te machucar. Eu nunca te machucaria."

Eu permaneci rígida, sem falar enquanto sua mão continuava a acariciar minhas costas.

Eu ainda estava usando meu sutiã.

Ele fez uma pausa nas alças para mover o fecho.

Quando as alças foram desfeitas, ele levou as mãos aos meus ombros e, com um aperto suave, me pôs de pé.

Agarrando-me com força, ele me empurrou contra ele.

O sutiã se soltou quando me sentei e ele moveu as mãos para segurar meus seios.

Seus polegares percorreram as pontas endurecidas dos meus mamilos.

Ele ainda estava totalmente vestido.

A fivela de seu cinto estava fria nas minhas costas.

Ele girou seus quadris em minha direção, empurrando seu pau em círculos lentos contra minha bunda.

A tensão que agarrou meu corpo lentamente diminuiu enquanto sua boca se movia pelo meu pescoço.

"Tão linda", ele murmurou.

Ele se abaixou para segurar minha boceta, curvando seus dedos entre os lábios molhados, mergulhando brevemente as pontas de dois de seus dedos dentro.

Fiquei na ponta dos pés para lhe dar mais acesso, inclinando-me para frente, confiando nele para me abraçar.

"Sim", disse ele, beliscando o mamilo no meu seio esquerdo, uma sensação incrível percorrendo meu corpo.

"Curve-se", disse ele enquanto seus dedos deixaram minha boceta e se acomodaram na parte inferior das minhas costas.

Ele gentilmente me empurrou para frente até que meus quadris tocaram a borda da mesa.

Eu relaxei, deixando-o me colocar onde eu precisava dele.

Eu o senti cair de joelhos novamente.

Suas mãos percorreram minha parte interna das coxas até que seus polegares descansaram contra a fenda da minha boceta.

Ele deslizou um polegar e depois o outro.

Esperei que ele empurrasse mais, mas ele não o fez e, em vez disso, deslizou os polegares molhados entre minha bunda e a entrada.

Ele circulou os polegares molhados ao redor do buraco sensível.

Eu empurrei para trás e a pressão aumentou até meu polegar deslizar para dentro do anel muscular.

Eu engasguei com a invasão, mas não protestei.

Ele tocou, empurrando um polegar e depois o outro.

Eu queria mais, muito mais.

A pressão passageira não foi suficiente.

Eu queria estar cheio.

Comecei a falar, "Jeremy para ..." e então segurei as palavras.

"O que querida, o que você quer?"

Eu não respondi.

Eu trouxe o braço onde minha testa tinha descansado para minha boca e mordi a carne.

Ele continuou as pequenas investidas provocantes no meu ânus.

Eu empurrei de volta, meu corpo pedindo mais.

"Diga," ele disse e eu sabia que ele não me daria mais se não dissesse as palavras.

Eu resisti, balançando para frente.

Meu osso púbico atingiu a borda da mesa e percebi que, se rastejasse um pouco, poderia chegar lá.

Eu movi meus quadris, mas ele, como se sentisse meu plano, agarrou meus quadris, me forçando a ficar parada.

Naquele exato momento, ele abaixou a cabeça entre minhas coxas e se inclinou para dar uma longa chupada em minha fenda.

Eu rosnei e então quando sua língua continuou a retornar para minha bunda, eu engasguei.

Sua boca saiu da minha bunda e eu balancei meus quadris para trás para mantê-lo.

Ele me agarrou novamente e disse:

"Conte-me".

Eu deixei meu corpo gritar enquanto minha mente ainda se recusava.

Ele se levantou e eu levantei minha cabeça da mesa olhando por cima do ombro.

Ele embainhou seu pênis com um preservativo em algum momento, suas calças estavam abertas sobre seus quadris e seu pênis coberto de látex estava balançando grosso e duro.

Eu assisti com os olhos arregalados enquanto ele acariciava sua ereção com as mãos escorregadias.

Com as palavras presas na minha garganta, ele deu um passo à frente e pressionou a cabeça larga e lisa de seu pênis contra meu ânus.

Ele balançou seus quadris empurrando a ponta levemente em minha bunda.

Esperei o alongamento, o mergulho, mas ele não se mexeu mais.

Eu olhei para ele, encontrando olhos azuis com determinação.

"Diga-me, por favor", ofeguei, "você me ama?"

"Porra, sim," ele rosnou, "Eu quero foder sua bunda teimosa."

Foi o suficiente.

O suficiente para que eu cedesse.

"Pegue. Pegue, por favor Jeremy, me leve."

Ele balançou para frente, lentamente, muito lentamente empurrando a cabeça de seu pênis na minha bunda.

Eu engasguei no processo.

Na coceira.

Ele estava prestes a dizer mais nada quando, com um estalo escorregadio, deslizou através do anel tenso de músculos, aliviando a dor.

Ele colocou a mão nas minhas costas enquanto balançava dentro de mim.

Eu saboreei a sensação de plenitude, surpresa com o quão bom era.

Eu estava me acostumando com a sensação de balanço lento quando ele agarrou meus quadris e começou a empurrar.

Ele empurrou todo o seu comprimento para dentro e para fora de mim.

A fivela de seu cinto estalava toda vez que ele batia no fundo do poço.

Cada impulso trouxe a raiz do meu clitóris contra a mesa.

Eu senti um orgasmo crescente.

Eu apertei em antecipação e a ouvi gemer enquanto fazia isso.

Ele fez isso de novo.

Com cada impulso, apertei minha bunda com força em torno de seu pau apenas para ouvi-lo gemer.

Ele me bateu forte, eu estava tão focada em sincronizar meus apertos com suas estocadas que o orgasmo veio sobre mim quase sem aviso.

Eu engasguei, inclinei-me para trás e senti a sensação estranha e surpreendente da minha bunda se contraindo no orgasmo em torno de seu pau.

Ele grunhiu, empurrou e parou enquanto meus músculos estremeciam em torno de seu comprimento.

Quando meu orgasmo diminuiu, começou novamente.

Sem ritmo, ele empurrou.

Curto pra caralho e depois longo.

Profundo e depois superficial.

Até que, com um gemido gutural, ele gritou:

"Eu corrooooo".

Ele desabou em cima de mim e me pressionou contra a mesa.

Ele jogou beijos ao longo do meu pescoço e omoplata, parando de vez em quando para lamber o suor da minha pele.

Eu fiquei parada, apreciando o peso dele em mim.

Fiquei ali parada na mesa, nua e com as pernas abertas, enquanto ele se levantava, desfazia a camisinha e arrumava a roupa.

Só quando estava sentado em sua mesa eu finalmente me levantei.

Eu tinha um pedaço de papel colado no meu seio esquerdo.

Ele havia passado do sublime ao ridículo.

Tirei, entreguei a ele e disse:

"Espero que isso não seja importante."

Ele o tirou de mim com um sorriso.

Primeiro procurei minha calcinha e depois, percebendo que ela tinha duas partes, simplesmente puxei minha saia achatada.

O zíper só subiu pela metade, quebrado na parte superior.

Minha blusa também não estava linda, faltavam dois botões e ela se abria na frente dos meus seios.

Enquanto eu observava como minha roupa desastrosa tinha ficado, Jeremy levantou-se da mesa e pegou o paletó.

Ele me entregou e eu coloquei.

Estava no meio da coxa, cobrindo a maior parte dos danos.

Enquanto eu arregacei minhas mangas compridas demais, Jeremy se sentou na mesa à minha frente novamente.

"Então," ele disse, de repente não parecia tão seguro de si.

"Então," eu disse novamente.

"Não quero esperar mais dez meses por isso."

Meu queixo caiu um pouco.

Fechei e tentei encontrar uma maneira de responder.

"Nancy, querida, você é a mulher mais teimosa e desajeitada que já conheci."

Enfurecido, facilmente encontrei palavras para responder a isso!

Abri minha boca para cuspir algumas verdades caseiras sobre ele quando ele estendeu a mão e colocou um dedo em meus lábios, silenciosamente.

"Você me ama. Eu te amo. Inferno, eu admito! Mais do que te amar. Eu gosto de você. Cada teimosia de você. Vamos tentar."

Quando ele disse as palavras, eu sabia que era o que eu queria.

O que eu realmente queria.

"Sério? Você está falando sério", eu sussurrei.

"Você pode apostar seu doce traseiro", disse ele me puxando para frente para tomar minha boca em um beijo de fusão apaixonado.

"Sim", murmurei contra seus lábios.

"Você finalmente o reconheceu", disse ele, beijando-me com força mais uma vez.

FIM